ABRÉGÉ
DES TROPES
DE DUMARSAIS,

AUQUEL ON A JOINT

DES PRINCIPES DE NARRATION, DES ÉLÉ-
MENS DU GENRE ÉPISTOLAIRE, ET UN
TRAITÉ DE PONCTUATION EXTRAIT DE
BEAUZÉE.

(2.ᵉ Édition, augmentée d'un Traité de la
Versification française).

GRENOBLE,

CHEZ BARATIER FRÈRES, IMPRIMEURS-LIBRAIRES,
GRAND'RUE.

1819.

ABRÉGÉ
DES TROPES
DE DUMARSAIS,

MIS EN À JOUR

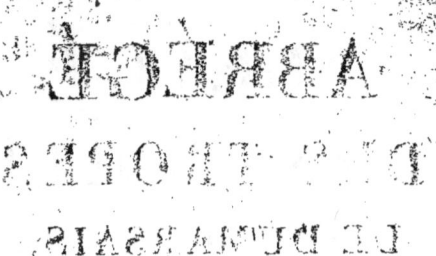

... DE SANCTIONS, DES IDÉ-
... DU GENRE ÉPISTOLAIRE, ET UN
... DE PONCTUATION EXTRAIT DE
Beauzée.

(2e édition, augmentée d'un Traité de la
versification française).

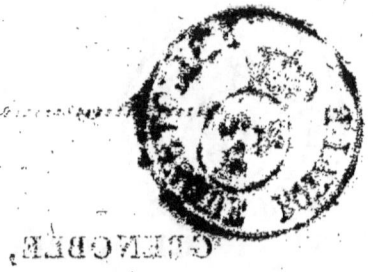

GRENOBLE,

...

1819.

DES TROPES
EN GÉNÉRAL.

~~~~~~~~~~~~

Définition des Tropes.

Les tropes sont des figures par lesquelles on fait prendre à un mot une signification qui n'est pas précisément la signification propre de ce mot; ainsi, pour entendre ce que c'est qu'un trope, il faut commencer par bien comprendre ce que c'est que la signification propre d'un mot; nous l'expliquerons bientôt.

Ces figures sont appelées *tropes* du grec *tropos, conversio*, dont la racine est *trepo*, verto, *je tourne*. Elles sont ainsi appelées, parce que quand on prend un mot dans le sens figuré, on le tourne, pour ainsi dire, afin de lui faire signifier ce qu'il ne signifie point dans le sens propre : *voiles*, dans le sens propre, ne signifie point *vaisseaux* ; les voiles

A

ne sont qu'une partie du vaisseau : cependant *voiles* se dit quelquefois pour *vaisseaux*.

Le traité des tropes est du ressort de la grammaire. On doit connaître les tropes pour bien entendre les auteurs et pour avoir des connaissances exactes dans l'art de parler et d'écrire.

Au reste, ce traité me paraît être une partie essentielle de la grammaire ; puisqu'il est du ressort de la grammaire de faire entendre la véritable signification des mots, et en quel sens ils sont employés dans le discours.

Il n'est pas possible de bien expliquer l'auteur même le plus facile, sans avoir recours aux connaissances dont je parle ici. Les livres que l'on met d'abord entre les mains des commençans, aussi-bien que les autres livres, sont pleins de mots pris dans des sens détournés et éloignés de la première signification de ces mots ; par exemple :

Tityre, tu patulæ recubans sub tegmine fagi,
Sylvestrem tenui musam meditaris avenâ (1).

_____

(1) Virg. Ecl. I. v. 1.

Vous méditez une muse, c'est-à-dire *une chanson, vous vous exercez à chanter.* Les Muses étaient regardées dans le Paganisme comme les déesses qui inspiraient les poètes et les musiciens : ainsi *Muse* se prend ici pour la chanson même, c'est la cause pour l'effet ; c'est une métonymie particulière, qui était en usage en latin : nous l'expliquerons dans la suite.

Avena, dans le sens propre, veut dire de *l'avoine* : mais parce que les bergers se servirent de petits tuyaux de blé ou d'avoine pour en faire une sorte de flûte, comme font encore les enfans à la campagne ; de là, par extension, on a appelé *avena* un chalumeau, une flûte de berger.

Je conviens, si l'on veut, qu'on peut bien parler sans jamais avoir appris les noms particuliers de ces figures. Combien de personnes se servent d'expressions métaphoriques, sans savoir précisément ce que c'est que métaphore ! C'est ainsi qu'il y avait plus de 40 ans que le Bourgeois-Gentilhomme *disait de la prose sans qu'il en sût rien* (1). Ces connaissances ne sont d'aucun usage pour faire un compte, ni pour *bien conduire une maison*, comme dit Mme Jourdain (2), mais elles sont utiles et nécessaires à ceux qui ont besoin de l'art de parler et d'écrire; elles mettent de l'ordre dans les idées qu'on se forme des mots; elles servent à démêler le vrai sens des paroles, à rendre raison du discours, et donnent de la précision et de la justesse.

Sens propre, sens figuré.

Avant que d'entrer dans le détail de chaque trope, il est nécessaire de bien comprendre la différence qu'il y a entre le sens propre et le sens figuré.

Un mot est employé dans le discours, ou dans le sens propre, ou en général dans un sens figuré, quelque puisse être le nom que les rhéteurs donnent ensuite à ce sens figuré.

Le sens propre d'un mot, c'est la première signification du mot. Un mot est pris dans

(1) Molière, *Bourgeois-Gentilhomme, act. II. sc.* 4.
(2) *Ibid., act. III, sc.* 3.

le sens propre lorsqu'il signifie ce pour quoi il a été premièrement établi; par exemple: *le feu brûle*, *la lumière nous éclaire*, tous ces mots-là sont dans le sens propre.

Mais quand un mot est pris dans un autre sens, il paraît alors, pour ainsi dire, sous une forme empruntée, sous une figure qui n'est pas sa figure naturelle, c'est-à-dire, celle qu'il a eue d'abord; alors on dit que ce mot est au figuré; par exemple: *le feu de vos yeux*, *le feu de l'imagination*, *la lumière de l'esprit*, *la clarté d'un discours*.

Masque, dans le sens propre, signifie une sorte de couverture de toile cirée ou de quelqu'autre matière, qu'on se met sur le visage pour se déguiser ou pour se garantir des injures de l'air. Ce n'est point dans ce sens propre que Malherbe prenait le mot de *masque*, lorsqu'il disait qu'à la cour il y avait plus de masques que de visages: *masque* est là dans un sens figuré, et se prend pour *personnes dissimulées*, pour ceux qui cachent leurs véritables sentimens, qui se démontent, pour ainsi dire, le visage, et prennent des mines propres à marquer une situation d'es-

prit et de cœur toute autre que celle où ils
sont effectivement.

Réflexions générales sur le sens figuré.

I. *Origine du sens figuré.*

LA liaison qu'il y a entre les idées accessoires, je veux dire, entre les idées qui ont
rapport les unes aux autres, est la source et
le principe des divers sens figurés que l'on
donne aux mots. Les objets qui font sur nous
des impressions sont toujours accompagnés
de différentes circonstances qui nous frappent, et par lesquelles nous désignons souvent, ou les objets mêmes qu'elles n'ont fait
qu'accompagner, ou ceux dont elles nous réveillent le souvenir. Le nom propre de l'idée
accessoire est souvent plus présent à l'imagination que le nom de l'idée principale, et
souvent aussi ces idées accessoires désignant
les objets avec plus de circonstances que ne
feraient les noms propres de ces objets, les
peignent ou avec plus d'énergie, ou avec
plus d'agrément. De là, le signe pour la
chose signifiée, la cause pour l'effet, la par-

tie pour le tout, l'antécédent pour le conséquent, et les autres tropes dont je parlerai
dans la suite. Comme l'une de ces idées ne
saurait être réveillée sans exciter l'autre, il
arrive que l'expression figurée est aussi facilement entendue que si l'on se servait du mot
propre ; elle est même ordinairement plus
vive et plus agréable quand elle est employée
à propos, parce qu'elle réveille plus d'une
image ; elle attache ou amuse l'imagination,
et donne aisément à deviner à l'esprit.

II. *Usages ou effets des Tropes.*

1. Un des plus fréquens usages des tropes,
c'est de réveiller une idée principale par le
moyen de quelque idée accessoire : c'est ainsi
qu'on dit cent voiles, pour cent vaisseaux ;
cent feux, pour cent maisons ; il aime la bouteille, c'est-à-dire, il aime le vin ; le fer, pour
l'épée ; la plume ou le style, pour la manière
d'écrire, etc.

2. Les tropes donnent plus d'énergie à nos
expressions. Quand nous sommes vivement
frappés de quelque pensée, nous nous expri-
mons rarement avec simplicité ; l'objet qui

nous occupe se présente à nous avec les idées accessoires qui l'accompagnent, nous prononçons les noms de ces images qui nous frappent ; ainsi nous avons naturellement recours aux tropes ; d'où il arrive que nous faisons mieux sentir aux autres ce que nous sentons nous-mêmes : de là viennent ces façons de parler, *il est enflammé de colère*, *il est tombé dans une erreur grossière*, *flétrir la réputation*, *s'enivrer de plaisir*, etc.

3. Les tropes ornent le discours. M. Fléchier, voulant parler de l'instruction qui disposa M. le duc de Montausier à faire abjuration de l'hérésie, au lieu de dire simplement qu'il se fit instruire, que les ministres de J. C. lui apprirent les dogmes de la religion catholique, et lui découvrirent les erreurs de l'hérésie, s'exprime en ces termes : « Tombez, » tombez, voiles importuns qui lui couvrez » la vérité de nos mystères ; et vous, prêtres » de J. C., prenez le glaive de la parole, et » coupez sagement jusqu'aux racines de l'er- » reur que la naissance et l'éducation avaient » fait croître dans son âme. Mais par com- » bien de liens était-il retenu ! »

Outre l'apostrophe, figure de pensée, qui se trouve dans ces paroles, les tropes en font le principal ornement : *Tombez voiles, couvrez ; prenez le glaive, coupez jusqu'aux racines, croître, liens, retenu ;* toutes ces expressions sont autant de tropes qui forment des images, dont l'imagination est agréablement occupée.

4. Les tropes rendent le discours plus noble : les idées communes auxquelles nous sommes accoutumés n'excitent point en nous ce sentiment d'admiration et de surprise, qui élève l'ame ; en ces occasions, on a recours aux idées accessoires qui prêtent, pour ainsi dire, des habits plus nobles à ces idées communes. *Tous les hommes meurent également ;* voilà une pensée commune. Horace a dit :

Pallida mors, æquo pede pulsat pauperum tabernas
    Regumque turres (1).

On sait la paraphrase simple et naturelle que Malherbe a faite de ces vers :

La mort a des rigueurs à nulle autre pareilles,
    On a beau la prier ;

---

(1) Lib. I. od. 4.

A 5

La cruelle qu'elle est se bouche les oreilles,
          Et nous laisse crier.
Le pauvre en sa cabane, où le chaume le couvre,
          Est sujet à ses lois,
Et la garde qui veille aux barrières du Louvre
          N'en défend pas nos rois (1).

Au lieu de dire que c'est un Phénicien qui a inventé les caractères de l'écriture, ce qui serait une expression trop simple pour la poésie, Brébeuf a dit:

C'est de lui que nous vient cet art ingénieux (2)
De peindre la parole et de parler aux yeux,
Et par les traits divers de figures tracées,
Donner de la couleur et du corps aux pensées (3).

5. Les tropes sont d'un grand usage pour déguiser des idées dures, désagréables, tristes, ou contraires à la modestie; on en trouvera des exemples dans l'article de l'euphémisme et dans celui de la périphrase.

6. Enfin les tropes enrichissent une langue en multipliant l'usage d'un même mot: ils

_____

(1) Malherbe, VI.
(2) Pharsale, lib. III.
(3) Phænices primi, famæ si creditur, ausi
Mansuram rudibus vocem signare figuris. *Lib.* III.
v. 220. *Lucan.*

donnent à un mot une signification nouvelle, soit parce qu'on l'unit avec d'autres mots auxquels souvent il ne peut se joindre dans le sens propre, soit parce qu'on s'en sert par extension et par ressemblance pour suppléer aux termes qui manquent dans la langue.

III. *Ce qu'on doit observer et ce qu'on doit éviter dans l'usage des Tropes, et pourquoi ils plaisent.*

LES tropes qui ne produisent pas les effets que je viens de remarquer sont défectueux; ils doivent sur-tout être clairs, faciles, se présenter naturellement, et n'être mis en œuvre qu'en temps et lieu. Il n'y a rien de plus ridicule, en tout genre, que l'affectation et le défaut de convenance. Molière, dans ses *Précieuses*, nous fournit un grand nombre d'exemples de ces expressions recherchées et déplacées. La convenance demande qu'on dise simplement à un laquais, *donnez des siéges*, sans aller chercher le détour de lui dire (1): *voiturez-nous ici les commodités de*

_____

(1) Les Précieuses ridicules, sc. IX.

A 6

la conversation. De plus, les idées accessoires ne jouent point, si j'ose parler ainsi, dans le langage des *Précieuses* de Molière, ou ne jouent point comme elles jouent dans l'imagination d'un homme sensé : *Le conseiller des grâces* (1), pour dire le miroir : *contentez l'envie qu'a ce fauteuil de vous embrasser* (2), pour dire asséyez-vous.

Toutes ces expressions tirées de loin et hors de leur place marquent une trop grande contention d'esprit, et font sentir toute la peine qu'on a eue à les rechercher : elles ne sont pas, s'il est permis de parler ainsi, à l'unisson du bon sens ; je veux dire qu'elles sont trop éloignées de la manière de penser de ceux qui ont l'esprit droit et juste, et qui sentent les convenances. Ceux qui cherchent trop l'ornement dans le discours tombent souvent dans ce défaut sans s'en apercevoir ; ils se savent bon gré d'une expression qui leur paraît brillante et qui leur a coûté, et se persuadent que les autres en doivent être aussi satisfaits qu'ils le sont eux-mêmes.

---

(1) *Ibid.* sc. VI.
(2) *Ibid.* sc. IX.

On ne doit donc se servir de tropes que lorsqu'ils se présentent naturellement à l'esprit, qu'ils sont tirés du sujet, que les idées accessoires les font naître, ou que les bien-séances les inspirent : ils plaisent alors ; mais il ne faut point les aller chercher dans la vue de plaire.

Je ne crois donc pas que ces sortes de figures *plaisent extrémement* (1) , *par l'ingénieuse hardiesse qu'il y a d'aller au loin chercher des expressions étrangères à la place des naturelles, qui sont sous la main*, si l'on peut parler ainsi. Quoique ce soit là une pensée de Cicéron, adoptée par M. Rollin, je crois plutôt que les expressions figurées donnent de la grâce au discours, parce que, comme ces deux grands hommes le remarquent, *elles donnent du corps* (2) , *pour ainsi dire, aux choses les plus spirituelles, et les font presque toucher au doigt et à l'œil par les images qu'elles en tracent à l'imagination ;* en un mot, par les idées sensibles et accessoires.

---

(1) Manière d'enseigner, tom. II, pag. 247.

(2) *Ibid.,* pag. 248.

IV. *Suite des Réflexions générales sur le sens figuré.*

1. Il n'y a peut-être point de mot qui ne se prenne en quelque sens figuré, c'est-à-dire, éloigné de sa signification propre et primitive.

Les mots les plus communs et qui reviennent souvent dans le discours sont ceux qui sont pris le plus fréquemment dans un sens figuré, et qui ont un plus grand nombre de ces sortes de sens : tels sont *corps*, *ame*, *tête*, *couleur*, *avoir*, *faire*, etc.

2. Un mot ne conserve pas dans la traduction tous les sens figurés qu'il a dans la langue originale : chaque langue a des expressions figurées qui lui sont particulières, soit parce que ces expressions sont tirées de certains usages établis dans un pays et inconnus dans un autre, soit par quelqu'autre raison purement arbitraire. Les différens sens figurés du mot *voix* ne sont pas tous en usage en latin; on ne dit point *vox* pour suffrage. Nous dirons *porter envie*, ce qui ne serait pas entendu en latin par *ferre invidiam* : au contraire, *morem*

gerere alicui est une façon de parler latine, qui ne serait pas entendue en français, si on se contentait de la rendre mot à mot, et que l'on traduisît, *porter la coutume à quelqu'un*, au lieu de dire, faire voir à quelqu'un qu'on se conforme à son goût, à sa manière de vivre, être complaisant, lui obéir.

Ainsi, quand il s'agit de traduire en une autre langue quelque expression figurée, le traducteur trouve souvent que sa langue n'adopte point la figure de la langue originale; alors il doit avoir recours à quelqu'autre expression figurée de sa propre langue, qui réponde, s'il est possible, à celle de son auteur.

Le but de ces sortes de traductions n'est que de faire entendre la pensée d'un auteur; ainsi on doit alors s'attacher à la pensée et non à la lettre, et parler comme l'auteur lui-même aurait parlé, si la langue dans laquelle on le traduit avait été sa langue naturelle. Mais quand il s'agit de faire entendre une langue étrangère, on doit alors traduire littéralement, afin de faire comprendre le tour original de cette langue.

DES TROPES
EN PARTICULIER.

I.

LA CATACHRÈSE.

Abus, Extension, ou Imitation.

LES langues les plus riches n'ont point un assez grand nombre de mots pour exprimer chaque idée particulière par un terme qui ne soit que le signe propre de cette idée; ainsi l'on est souvent obligé d'emprunter le mot propre de quelqu'autre idée qui a le plus de rapport à celle qu'on veut exprimer : par exemple, l'usage ordinaire est de clouer des fers sous les pieds des chevaux, ce qui s'appelle *ferrer un cheval;* que s'il arrive qu'au lieu de fer, on se serve d'argent, on dit alors que les chevaux *sont ferrés d'argent,* plutôt que d'inventer un nouveau mot qui ne serait pas entendu : on ferre aussi d'argent une cassette, etc.; alors *ferrer* signifie, par extension, garnir d'argent au lieu de fer. On dit de même *aller à cheval sur un bâton*, c'est-à-dire, se mettre sur un bâton de la même manière qu'on se place à cheval.

Ludere par impar; equitare in arundine longâ (1).

Ainsi, la catachrèse est un écart que certains mots font de leur première signification, pour en prendre une autre qui y a quelque rapport, et c'est aussi ce qu'on appelle *extension* : par exemple, *feuille* se dit par extension ou imitation des choses qui sont plates et minces, comme les feuilles des plantes; on dit *une feuille de papier, une feuille de fer-blanc, une feuille d'or, une feuille d'étain* qu'on met derrière les miroirs, *une feuille de carton, le talc se lève par feuilles, les feuilles d'un paravent,* etc.

II.

LA MÉTONYMIE.

Le mot de *métonymie* signifie transposition ou changement de nom, un nom pour un autre.

_____

(1) Hor. 2, sat. 3, v. 24.

En ce sens, cette figure comprend tous les tropes; car, dans tous les autres tropes, un mot n'étant pas pris dans le sens qui lui est propre, il réveille une idée qui pourrait être exprimée par un autre mot. Nous remarquerons dans la suite ce qui distingue proprement la métonymie des tropes.

Les maîtres de l'art restreignent la métonymie aux usages suivans.

1. LA CAUSE POUR L'EFFET; par exemple: vivre de son travail, c'est-à-dire, vivre de ce qu'on gagne en travaillant.

Les Païens regardaient Cérès comme la déesse qui avait fait sortir le blé de la terre, qui avait appris aux hommes la manière d'en faire du pain ; ils croyaient que Bacchus était le Dieu qui avait trouvé l'usage du vin : ainsi ils donnaient au blé le nom de *Cérès*, et au vin le nom de *Bacchus;* on en trouve un grand nombre d'exemples dans les poètes : Virgile a dit, *un vieux Bacchus*, pour dire du vin vieux. *Implentur veteris Bacchi* (1).

---

(1) Virg. Æn. 1. v. 219.

Madame Deshoulières a fait une balade dont le refrain est :

L'Amont languit sans Bacchus et Cérès.

C'est la traduction de ce passage de Térence, *sine Cerere et Libero friget Venus* (1), c'est-à-dire qu'on ne songe guère à faire l'amour quand on n'a pas de quoi vivre. Virgile a dit :

Tum Cererem corruptam undis cerealiaque arma,
Expediunt fessi rerum (2).

2. L'EFFET POUR LA CAUSE : comme lorsqu'Ovide dit que le mont Pélion n'a point d'ombres, *nec habet Pelion umbras* (3), c'est-à-dire qu'il n'a point d'arbres, qui sont la cause de l'ombre ; *l'ombre*, qui est l'effet des arbres, est prise ici pour les arbres mêmes.

Dans la Genèse, il est dit de Rébecca que deux nations étaient en elle (4), c'est-à-dire, Esaü et Jacob, les pères des deux nations ; Jacob des Juifs, Esaü des Iduméens.

_____

(1) Ter. Eun. act. 5. sc. 4.
(2) Æn. 1. v. 181.
(3) Metam. l. XII. v. 513.
(4) Duæ gentes sunt in utero tuo, et duo populi ex ventre tuo dividentur. *Gen.* c. XXV. v. 23.

Les poètes disent *la pâle mort*, *les pâles maladies*; la mort et les maladies rendent pâle : *Pallidamque Pyrenen* (1), la pâle fontaine de Pyrène ; c'était une fontaine consacrée aux Muses. L'application à la poésie rend pâle, comme toute autre application violente. Par la même raison, Virgile a dit la triste vieillesse :

Pallentes habitant morbi tristisque senectus (2).

Et Horace, *Pallida mors* (3). La mort, la maladie, et les fontaines consacrées aux Muses, ne sont point pâles ; mais elles produisent la pâleur ; ainsi on donne à la cause une épithète qui ne convient qu'à l'effet.

5. LE CONTENANT POUR LE CONTENU : comme quand on dit, *il aime la bouteille*, c'est-à-dire, *il aime le vin.* Virgile dit que Didon ayant présenté à Bitias une coupe d'or pleine de vin, Bitias la prit et *se lava*, s'arrosa de cet

---

(1) Pers. Prol.

(2) Æn. l. VI, v. 275.

(3) Lib. 1. od. 4.

or plein, c'est-à-dire, de la liqueur contenue
dans cette coupe d'or.

ille impiger hausit
Spumantem pateram, et pleno se proluit auro (1).

Auro est pris pour la coupe, c'est la matière pour la chose qui en est faite; nous
parlerons bientôt de cette espèce de figure;
ensuite la coupe est prise pour le vin.

Le ciel, où les anges et les saints jouissent
de la présence de Dieu, se prend souvent
pour Dieu même : *implorer le secours du ciel;
grâce au ciel : j'ai péché contre le ciel et
contre vous* (2), dit l'enfant prodigue à son
père. *Le ciel* se prend aussi pour les dieux
du Paganisme.

La terre se tut devant Alexandre (3), c'est-
à-dire, les peuples de la terre se soumirent à
lui : *Rome désapprouva la conduite d'Appius*,
c'est-à-dire, les Romains désapprouvèrent :
Toute l'Europe s'est réjouie à la naissance du

---

(1) Æn. I. v. 743.
(2) Pater peccavi in cœlum et coram te. Luc. c. XV.
18.
(3) Siluit terra in conspectu ejus. Macab. l. X. c. I.
3.

Dauphin, c'est-à-dire, tous les souverains, tous les peuples de l'Europe se sont réjouis.

Lucrèce a dit que les chiens de chasse mettaient *une forêt* en mouvement (1); où l'on voit qu'il prend la forêt pour les animaux qui sont dans la forêt.

Un *nid* se prend pour les oiseaux qui sont encore au nid.

Carcer, prison, se dit en latin d'un homme qui mérite la prison.

4. LE NOM DU LIEU où une chose se fait se prend POUR LA CHOSE MÊME: on dit un *Caudebec*, au lieu de dire un chapeau fait à Caudebec, ville de Normandie.

On dit de certaines étoffes, *c'est une Marseille*, c'est-à-dire, une étoffe de la manufacture de Marseille: *c'est une Perse*, c'est-à-dire, une toile peinte qui vient de Perse.

5. LE SIGNE POUR LA CHOSE SIGNIFIÉE.

Dans ma vieillesse languissante,
Le sceptre que je tiens pèse à ma main tremblante (2).

_____

(1) Sepire plagis saltum canibusque ciere. *Lucr.* l. V. v. 1250.

(2) Quinault, Phaéton, act. II, sc. 5.

C'est-à-dire, je ne suis plus dans un âge con‑
venable pour me bien acquitter des soins que
demande la royauté. Ainsi le *sceptre* se
prend pour l'autorité royale; *le bâton de
maréchal de France,* pour la dignité de
maréchal de France; *le chapeau de cardinal*
et même simplement *le chapeau* se dit pour le
cardinalat.

L'épée se prend pour la profession mili‑
taire; *la robe,* pour la magistrature et pour
l'état de ceux qui suivent le barreau.

A la fin, j'ai quitté la robe pour l'épée (1).

Cicéron a dit que les armes doivent céder
à la robe.

Cedant arma togæ; concedat laurea linguæ.

C'est-à-dire, comme il l'explique lui‑
même (2), que la paix l'emporte sur la guerre,
et que les vertus civiles et pacifiques sont pré‑
férables aux vertus militaires.

_____

(1) Corn. le Menteur, act. I, v. 1.
(2) More poetarum locutus hoc intelligi volui, bellum
ac tumultum paci atque otio concessurum. *Cic.* Orat. in
Pison. n. 73, aliter XXX.

III.

LA MÉTALEPSE.

LA métalepse est une espèce de métonymie par laquelle on explique ce qui suit, pour
faire entendre ce qui précède ; ou ce qui précède, pour faire entendre ce qui suit : elle ouvre, pour ainsi dire, la porte, dit Quintilien,
afin que vous passiez d'une idée à une autre,
ex alio in aliud viam præstat (1) : c'est l'antécédent pour le conséquent, ou le conséquent
pour l'antécédent, et c'est toujours le jeu des
idées accessoires, dont l'une réveille l'autre.

Le partage des biens se faisait souvent et
se fait encore aujourd'hui en tirant au sort :
Josué se servit de cette manière de partager (2).

-----

(1) Inst. Orat. liv. VIII, c. 6.

(2) Cùmque surrexissent viri, ut pergerent ad descri-
bendam terram, præcepit eis Josue, dicens : circuite terram, et describite eam, ac revertimini ad me; ut hic coram Domino, in Silo mittam vobis sortem, *Josue*,
cap. XVIII, v. 8.

Le sort précède le partage; de là vient que *sors* en latin se prend souvent pour le partage même, pour la portion qui est échue en partage; c'est le nom de l'antécédent qui est donné au conséquent.

Un mort est regretté par ses amis; ils voudraient qu'il fût encore en vie; ils souhaitent celui qu'ils ont perdu; ils le désirent: ce sentiment suppose la mort, ou du moins l'absence de la personne qu'on regrette. Ainsi *la mort, la perte* ou *l'absence* sont l'antécédent; et *le désir, le regret* sont le conséquent. Or, en latin, *desiderari*, être souhaité, se prend pour *être mort, être perdu, être absent*; c'est le conséquent pour l'antécédent; c'est une métalepse : *Ex parte Alexandri, triginta omninò et duo* (1), ou selon d'autres, *trecenti omninò ex peditibus desiderati sunt*; du côté d'Alexandre, il n'y eut que trois cents fantassins de tués; Alexandre ne perdit que trois cents hommes d'infanterie. *Nulla navis desiderabatur* (2), aucun vaisseau n'était désiré,

_____

(1) Q. Curt. liv. III., c. H, fin.
(2) Cæsar, comm. de bell. gall.

B

c'est-à-dire, aucun vaisseau ne périt, il n'y eut aucun vaisseau de perdu.

« Je vous avais promis que je ne serais
» que cinq ou six jours à la campagne, dit
» Horace à Mécénas, et cependant j'y ai
» déjà passé tout le mois d'août. »

Quinque dies tibi pollicitus me rure futurum,
Sextilem totum mendax desideror (1).

Où vous voyez que *desideror* veut dire, par métalepse, je suis absent de Rome; je me tiens à la campagne.

On rapporte aussi à cette figure ces façons de parler des poètes, par lesquelles ils prennent l'antécédent pour le conséquent, lorsqu'au lieu d'une description, ils nous mettent devant les yeux le fait que la description suppose.

« O Ménalque ! si nous vous perdions, dit
» Virgile, qui émaillerait la terre de fleurs ?
» qui ferait couler les fontaines sous une
» ombre verdoyante (2) »? c'est-à-dire, qui

(1) Hor. liv. I, ep. 7.
(2) Quis caneret nymphas? quis humum florentibus herbis
Spargeret, aut viridi fontes induceret umbrâ?
Virg. Ecl. IX, v. 19.

chanterait la terre émaillée de fleurs? qui nous en ferait des descriptions aussi vives et aussi riantes que celles que vous en faites? qui nous peindrait comme vous ces ruisseaux qui coulent sous une ombre verte?

Ces façons de parler peuvent être rapportées à l'hypotypose dont nous parlerons dans la suite.

IV.

LA SYNECDOQUE.

LE terme de *synecdoque* signifie compréhension, conception; en effet, dans la synecdoque on fait concevoir à l'esprit plus ou moins que le mot dont on se sert ne signifie dans le sens propre.

Quand au lieu de dire d'un homme qu'il aime *le vin*, je dis qu'il aime la bouteille, c'est une simple métonymie, c'est un nom pour un autre; mais quand je dis *cent voiles* pour cent vaisseaux, non-seulement je prends un nom pour un autre, mais je donne au mot *voiles* une signification plus étendue que celle qu'il a dans le sens propre; je prends la partie pour le tout.

B 2

La synecdoque est donc une espèce de métonymie par laquelle on donne une signification particulière à un mot qui, dans le sens propre, a une signification plus générale; ou, au contraire, on donne une signification générale à un mot qui, dans le sens propre, n'a qu'une signification particulière. En un mot, dans la métonymie je prends un nom pour un autre, au lieu que dans la synecdoque je prends le *plus* pour le *moins*, ou le *moins* pour le *plus*.

Voici les différentes sortes de synecdoques que les grammairiens ont remarquées.

1. Synecdoque du genre : comme quand on dit *les mortels* pour les hommes, le terme de *mortels* devrait pourtant comprendre aussi les animaux qui sont sujets à la mort aussi-bien que nous : ainsi, quand par les *mortels* on n'entend que les hommes, c'est une synecdoque du genre, on dit *le plus* pour *le moins*.

2. Il y a, au contraire, la Synecdoque de l'espèce : c'est lorsqu'un mot, qui, dans le sens propre, ne signifie qu'une espèce parti-

culière, se prend pour le genre; c'est ainsi qu'on appelle quelquefois *voleur* un méchant homme, c'est alors prendre *le moins* pour marquer *le plus*.

Il y avait dans la Thessalie, entre le mont Ossa et le mont Olympe, une fameuse plaine appelée *Tempé*, qui passait pour un des plus beaux lieux de la Grèce; les poètes grecs et latins se sont servis de ce mot particulier pour marquer toutes sortes de belles campagnes.

« Le doux sommeil, dit Horace, n'aime » point le trouble qui règne chez les grands : » il se plait dans les petites maisons de ber- » gers, sur les bords des ruisseaux ombragés, » ou dans ces agréables campagnes dont les » arbres ne sont agités que par le zéphir » ; et pour marquer ces campagnes, il se sert de *Tempé*.

> Somnus agrestium
> Lenis virorum, non humiles domos
> Fastidit, umbrosamque ripam,
> Non zephyris agitata Tempe (1).

---

(1) Hor. liv. III, od. I, v. 22.

3. Synecdoque dans le nombre : c'est
lorsqu'on met un singulier pour un pluriel,
ou un pluriel pour un singulier.

1. *Le Germain révolté*, c'est-à-dire, les
Germains, les Allemands ; *l'ennemi vient à
nous*, c'est-à-dire, *les ennemis*. Dans les historiens latins, on trouve souvent *pedes* pour
pedites; le fantassin pour les fantassins, l'infanterie.

2. Le pluriel pour le singulier. Souvent,
dans le style sérieux, on dit *nous* au lieu de
je, et de même, *il est écrit dans les prophètes* (1), c'est-à-dire, dans un livre de quelqu'un des prophètes.

3. Un nombre certain pour un nombre in-
certain : *il me l'a dit dix fois*, *vingt fois*,
cent fois, *mille fois*, c'est-à-dire, plusieurs
fois.

4. La partie pour le tout, et le tout
pour la partie. Ainsi *la tête* se prend pour
tout l'homme : c'est ainsi qu'on dit communément, *on a payé tant par tête*, c'est-à-dire,

---

Quod dictum est per prophetas. Matt. c. II. v. 23.

tant par personne; *une tête si chère*, c'est-
à-dire, une personne si précieuse, si fort
aimée.

Les poètes disent, *après quelques moissons, quelques étés, quelques hivers*, c'est-à-
dire, après quelques années.

L'onde, dans le sens propre, signifie une
vague, un flot; cependant les poètes prennent ce mot pour la mer, ou pour l'eau d'une
rivière, ou pour la rivière même.

> Vous juriez autrefois que cette onde rebelle
> Se ferait vers sa source une route nouvelle,
> Plutôt qu'on ne verrait votre cœur dégagé.
> Voyez couler ces flots dans cette vaste plaine;
> C'est le même penchant qui toujours les entraîne;
> Leur cours ne change point, et vous avez changé (1).

5. On se sert souvent du nom de la MATIÈRE,
pour marquer LA CHOSE QUI EN EST FAITE:
le pin ou quelqu'autre arbre se prend chez
les poètes pour un vaisseau; on dit communément de l'argent, pour des pièces d'argent,
de la monnaie. *Le fer* se prend pour l'épée:

---

(1) Quinault, Isis, act. 1, sc. 3.

périr par le fer. Virgile s'est servi de ce mot pour le soc de la charrue.

At priùs ignotum ferro quàm scindimus æquor (1).

M. Boileau, dans son Ode sur la prise de Namur, a dit *l'airain* pour dire les canons.

> Et par cent bouches horribles
> L'airain sur ces monts terribles
> Vomit le fer et la mort.

L'airain, en latin *æs*, se prend aussi fréquemment pour la monnaie, les richesses: la première monnaie des Romains était de cuivre: *æs alienum*, le cuivre d'autrui, c'est-à-dire, le bien d'autrui, qui est entre nos mains, nos dettes, ce que nous devons.

Enfin, *æra* se prend pour des vases de cuivre, pour des trompettes, des armes, en un mot, pour tout ce qui se fait de cuivre.

Mais il ne faut pas croire qu'il soit permis de prendre indifféremment un nom pour un autre, soit par métonymie, soit par synecdoque; il faut, encore une fois, que les expressions figurées soient autorisées par

---

(1) Georg. I. v. 50.

l'usage, ou du moins que le sens littéral qu'on veut faire entendre, se présente naturellement à l'esprit sans révolter la droite raison et sans blesser les oreilles accoutumées à la pureté du langage. Si l'on disait qu'une armée navale était composée de *cent mâts* ou de *cent avirons*, au lieu de dire *cent voiles* pour cent vaisseaux, on se rendrait ridicule : chaque partie ne se prend pas pour le tout, et chaque nom générique ne se prend pas pour une espèce particulière, ni tout nom d'espèce pour le genre : c'est l'usage seul qui donne à son gré ce privilége à un mot plutôt qu'à un autre.

V.

L'ANTONOMASE.

L'ANTONOMASE est une espèce de synecdoque par laquelle on met un nom commun pour un nom propre, ou bien un nom propre pour un nom commun. Dans le premier cas, on veut faire entendre que la personne ou la chose dont on parle excelle sur toutes celles qui peuvent être comprises sous le nom com-

B 5

mun ; et dans le second cas, on fait entendre
que celui dont on parle ressemble à ceux
dont le nom propre est célèbre par quelque
vice ou par quelque vertu.

1. *Philosophe, orateur, poète, roi, ville,
monsieur*, sont des noms communs ; cependant l'antonomase en fait des noms particuliers qui équivalent à des noms propres.

Quand les anciens disent le *Philosophe*, ils
entendent Aristote.

Quand les Latins disent l'*Orateur*, ils entendent Cicéron.

Quand ils disent le *Poète*, ils entendent
Virgile.

Les Grecs entendaient parler de Démosthène quand ils disaient l'*Orateur*, et d'Homère quand ils disaient le *Poète*.

Dans chaque royaume, quand on dit simplement *le Roi*, on entend le roi du pays où
l'on est.

Dans chaque famille, *Monsieur* veut dire
le maître de la maison.

Les adjectifs ou épithètes sont des noms
communs que l'on peut appliquer aux différens objets auxquels ils conviennent ; l'an-

tonomase en fait des noms particuliers : l'*Invincible, le Conquérant, le Grand, le Juste, le Sage*, se disent, par antonomase, de certains princes ou d'autres personnes particulières.

2. La seconde espèce d'antonomase est lorsqu'on prend un nom propre pour un nom commun, ou pour un adjectif.

Sardanapale, dernier roi des Assyriens, vivait dans une extrême mollesse ; du moins tel est le sentiment commun : de là, on dit d'un voluptueux, *c'est un Sardanapale.*

L'empereur Néron fut un prince de mauvaises mœurs, et barbare jusqu'à faire mourir sa propre mère ; de là, on dit des princes qui lui ont ressemblé, c'est un Néron.

Caton, au contraire, fut remarquable par l'austérité de ses mœurs ; de là S. Jérôme (1) a dit d'un hypocrite, c'est un Caton au-dehors, un Néron au-dedans : *intùs Nero, foris Cato.*

Mécénas, favori de l'empereur Auguste, protégeait les gens de lettres : on dit aujour-

---

(1) Hier. l. 2, Ep. 13. Rus. Monache. sub. fin. Ludg. p. 227, et Paris, édit. 1718, p. 386.

d'hui d'un seigneur qui leur accorde sa protection, *c'est un Mécénas.*

Mais, sans un Mécénas, à quoi sert un Auguste (1)?

c'est-à-dire, sans protecteur.

Irus était un pauvre de l'île d'Ithaque (2) qui était à la suite des amans de Pénélope; il a donné lieu au proverbe des anciens, *plus pauvre qu'Irus.* Au contraire, Crésus, roi de Lydie, fut un prince extrêmement riche; de là, on trouve dans les poètes *Irus* pour un pauvre, et *Crésus* pour un riche.

Irus et est subitò qui modo Crœsus erat (3).
. . . . . . Non distat Crœsus ab Iro (4).

Zoïle fut un critique passionné et jaloux: son nom se dit encore (5) d'un homme qui a les mêmes défauts; Aristarque, au contraire, fut un critique judicieux: l'un et

(1) Boileau, Sat. I, v. 80.
(2) Homer. Odyss. l. XVIII.
(3) Ovid. Trist. III, Eleg. 7, v. 42.
(4) Propert. l. III, Eleg. 4, v. 39.
(5) Ingenium magni detrectat livor Homeri:
Quisquis es, ex illo, Zoïle, nomen habes.
                Ovid. Remed. amor. v. 363.

l'autre ont critiqué Homère ; Zoïle l'a cen-
suré avec aigreur et avec passion, mais Aristarque l'a critiqué avec un sage discernement
qui l'a fait regarder comme le modèle des
critiques : on a dit de ceux qui l'ont imité,
qu'ils étaient des Aristarques.

Et de moi-même Aristarque incommode (1).

C'est-à-dire, *censeur*. Lisez vos ouvrages,
dit Horace (2), à un ami judicieux : il vous
en fera sentir les défauts, il sera pour vous
un *Aristarque*.

Thersite fut le plus mal fait, le plus lâche,
le plus ridicule de tous les Grecs : Homère a
rendu les défauts de ce Grec si célèbres et si
connus, que les anciens ont souvent dit un
Thersite pour un homme difforme, pour
un homme méprisable (3). C'est dans ce

---

(1) Rousseau, Ep. 1, aux Muses.

(2) Vir bonus ac prudens versus reprehendet inertes,
Culpabit duros, incomptis allinet atrum
Transverso calamo signum ; ambitiosa recidet
Ornamenta, parùm claris lucem dare coget ;
Arguet ambiguè dictum ; mutanda notabit ;
Fiet Aristarchus. *Horat.* Art. poet. v. 444.

(3) La Bruyère, caract. des grands.

dernier sens que M. de La Bruyère a dit :
« Jetez-moi dans les troupes comme un sim-
» ple soldat, je suis Thersite ; mettez-moi
» à la tête d'une armée dont j'aie à répondre
» à toute l'Europe, je suis Achille. »

VI.

LA COMMUNICATION DANS LES PAROLES.

La figure dont je veux parler est un trope
par lequel on fait tomber sur soi-même ou
sur les autres une partie de ce qu'on dit : par
exemple, un maître dit quelquefois à ses
disciples, *nous perdons tout notre temps* ; au
lieu de dire, *vous ne faites que vous amuser.*
Qu'avons-nous fait ? veut dire, en ces occasions, *qu'avez-vous fait ?* ainsi *nous*, dans ces
exemples, n'est pas le sens propre ; il ne renferme point celui qui parle. On ménage, par
ces expressions, l'amour propre de ceux à qui
on adresse la parole, en paraissant partager
avec eux le blâme de ce qu'on leur reproche ;
la remontrance étant moins personnelle, et
paraissant comprendre celui qui la fait, en
est moins aigre, et devient souvent plus utile.

VII.

LA LITOTE.

LA litote ou diminution est un trope par lequel on se sert de mots, qui, à la lettre, paraissent affaiblir une pensée dont on sait bien que les idées accessoires feront sentir toute la force : on dit le moins par modestie ou par égard; mais on sait bien que ce moins réveillera l'idée du plus.

Quand Chimène dit à Rodrigue, *va, je ne te hais point* (1), elle lui fait entendre bien plus que ces mots-là ne signifient dans leur sens propre.

Il en est de même de ces façons de parler : *je ne puis vous louer*, c'est-à-dire, je blâme votre conduite; *je ne méprise pas vos présens* signifie que j'en fais beaucoup de cas; *il n'est pas sot* veut dire qu'il a plus d'esprit que vous ne croyez; *il n'est pas poltron* fait entendre qu'il a du courage; *Pythagore n'est pas un auteur méprisable.* (2), c'est-à-dire

_____

(1) Corn. le Cid, act. III, sc. 4.

(2). . . . . . . Non sordidus auctor

Naturæ, verique. *Hor.* l. 1, od. 28.

que Pythagore est un auteur qui mérite
d'être estimé. *Je ne suis pas difforme* (1)
veut dire modestement qu'on est bien fait,
ou du moins qu'on le croit ainsi.

On appelle aussi cette figure exténuation ;
elle est opposée à l'hyperbole.

VIII.

L'HYPERBOLE.

LORSQUE nous sommes vivement frappés
de quelque idée que nous voulons représenter, et que les termes ordinaires nous paraissent trop faibles pour exprimer ce que nous
voulons dire, nous nous servons de mots qui,
à les prendre à la lettre, vont au-delà de la
vérité, et représentent le plus ou le moins,
pour faire entendre quelque excès en grand
ou en petit. Ceux qui nous entendent rabat-
tent de notre expression ce qu'il en faut ra-
battre, et il se forme dans leur esprit une
idée plus conforme à celle que nous voulons
y exciter, que si nous nous étions servis de
mots propres : par exemple, si nous voulons

---

(1) Nec sum adeò informis. *Virg.* Ecl. II , v. 25.

faire comprendre la légèreté d'un cheval qui court extrêmement vîte, nous disons qu'*il va plus vîte que le vent.* Cette figure s'appelle *hyperbole*, mot grec qui signifie *excès.*

Virgile dit de la princesse Camille, qu'elle surpassait les vents à la course, et qu'elle eût couru sur des épis de blé sans les faire plier, ou sur les flots de la mer sans enfoncer, et même sans se mouiller la plante des pieds (1).

Au contraire, si l'on veut faire entendre qu'une personne marche avec une extrême lenteur, on dit qu'elle marche plus lentement qu'une tortue.

L'hyperbole est ordinaire aux Orientaux. Les jeunes gens en font plus souvent usage que les personnes avancées en âge. On doit en user sobrement et avec quelque correctif : par exemple, en ajoutant *pour ainsi dire ; si l'on peut parler ainsi.*

---

(1) Illa vel intactæ segetis per summa volaret
Gramina, nec teneras cursu læsisset aristas,
Vel mare per medium fluctu suspensa tumenti,
Ferret iter, celeres nec tingeret æquore plantas.
Æn. l. VII, v. 808.

« Les esprits vifs (1), pleins de feu, et
» qu'une vaste imagination emporte hors des
» règles et de la justesse, ne peuvent s'assou-
» vir d'hyperboles, dit M. de La Bruyère.
» Mais quand on a du génie et de l'usage
» du monde, on ne se sent guère de goût
» pour ces sortes de pensées fausses et ou-
» trées. »

IX.

L'HYPOTYPOSE.

L'HYPOTYPOSE est un mot grec qui signifie
image, *tableau*. C'est lorsque dans les descriptions on peint les faits dont on parle,
comme si ce qu'on dit était actuellement devant les yeux ; on montre, pour ainsi dire,
ce qu'on ne fait que raconter ; on donne, en
quelque sorte, l'original pour la copie, les
objets pour les tableaux ; vous en trouverez
un bel exemple dans le récit de la mort d'Hippolyte.

> Cependant sur le dos de la plaine liquide,
> S'élève à gros bouillons une montagne humide ;

---

(1) Caract. des ouvrages de l'esprit.

L'onde approche, se brise, et vomit à nos yeux,
Parmi des flots d'écume, un monstre furieux;
Son front large est armé de cornes menaçantes,
Tout son corps est couvert d'écailles jaunissantes;
Indomptable taureau, dragon impétueux,
Sa croupe se recourbe en replis tortueux;
Ses longs mugissemens font trembler le rivage,
Le ciel avec horreur voit ce monstre sauvage,
La terre s'en émeut, l'air en est infecté,
Le flot qui l'apporta recule épouvanté (1).

Remarquez que tous les verbes de cette narration sont au présent: l'*onde approche*, *se brise*, etc.; c'est ce qui fait l'hypotypose, l'image, la peinture; il semble que l'action se passe sous vos yeux.

X.

LA MÉTAPHORE.

La métaphore est une figure par laquelle on transporte, pour ainsi dire, la signification propre d'un nom à une autre signification qui ne lui convient qu'en vertu d'une comparaison qui est dans l'esprit. Un mot pris dans un sens métaphorique perd sa signification propre,

---

(1) *Rac.* Phèdre, act. V, sc. 6.

et en prend une nouvelle qui ne se présente à
l'esprit que par la comparaison que l'on fait
entre le sens propre de ce mot, et ce qu'on
lui compare : par exemple, quand on dit que
le mensonge se pare souvent des couleurs de la
vérité ; en cette phrase, couleurs n'a plus sa
signification propre et primitive ; ce mot ne
marque plus cette lumière modifiée qui nous
fait voir les objets ou blancs, ou rouges, ou
jaunes, etc. ; il signifie *les dehors, les appa-*
rences, et cela par comparaison entre le sens
propre de *couleurs* et les dehors que prend
un homme qui nous en impose sous le masque
de la sincérité. Les couleurs font connaître
les objets sensibles, elles en font voir les dehors et les apparences : un homme qui ment
imite quelquefois si bien la contenance et les
discours de celui qui ne ment pas, que lui
trouvant les mêmes dehors, et, pour ainsi
dire, les mêmes couleurs, nous croyons qu'il
nous dit la vérité ; ainsi comme nous jugeons
qu'un objet qui nous paraît blanc est blanc,
de même nous sommes souvent la dupe d'une
sincérité apparente, et dans le temps qu'un
imposteur ne fait que prendre les dehors

d'un homme sincère, nous croyons qu'il nous parle sincèrement.

Quand on dit *la lumière de l'esprit*, ce mot de *lumière* est pris métaphoriquement ; car comme la lumière, dans le sens propre, nous fait voir les objets corporels, de même la faculté de connaître et d'apercevoir éclaire l'esprit et le met en état de porter des jugemens sains.

La métaphore (1) est donc une espèce de trope : le mot dont on se sert dans la métaphore est pris dans un autre sens que dans le sens propre ; *il est*, pour ainsi dire, *dans une demeure empruntée*, dit un ancien, ce qui est commun et essentiel à tous les tropes.

De plus, il y a une sorte de comparaison ou quelque rapport équivalent entre le mot auquel on donne un sens métaphorique, et l'objet à quoi on veut l'appliquer : par exemple, quand on dit d'un homme en colère, *c'est un lion* ; *lion* est pris alors dans un sens métaphorique ; on compare l'homme en colère.

_____

(1) Metaphoram quam Græci vocant, nos translationem, id est, domo mutuatum verbum quo utimur, inquit Verius Festus, v. Metaphoram.

au lion, et voilà ce qui distingue la métaphore des autres figures.

Il y a cette différence entre la métaphore
et la comparaison, que dans la comparaison
on se sert de termes qui font connaître que
l'on compare une chose à une autre : par
exemple, si l'on dit d'un homme en colère,
qu'*il est comme un lion*, c'est une comparaison ; mais quand on dit simplement *c'est un
lion*, la comparaison n'est alors que dans l'esprit et non dans les termes ; c'est une métaphore.

*Les personnes d'une condition médiocre ne
doivent pas se mesurer avec les grands ; la
grammaire est la clef des sciences ; la logique est la clef de la philosophie ; s'enivrer
de plaisir ; la bonne fortune enivre les sots ;
donner un frein à ses passions ; cette maison
est bien riante ; la fleur de la jeunesse ; le feu
de l'amour ; l'aveuglement de l'esprit ; le fil
d'un discours, le fil des affaires ; la géogra-
phie et la chronologie sont les deux yeux de
l'histoire ; jeter de profondes racines ; avoir
de grandes vues, perdre de vue une entreprise ;
avoir le goût dépravé.* — Toutes ces phrases
sont autant d'exemples de la métaphore.

Remarques sur le mauvais usage des
Métaphores.

Les métaphores sont défectueuses,

1.º Quand elles sont tirées de sujets bas.
Le P. de Colonia reproche à Tertullien
d'avoir dit que le *déluge universel fut la les-*
sive de la nature (1).

2.º Quand elles sont forcées, prises de loin,
et que le rapport n'est point assez naturel,
ni la comparaison assez sensible; comme
quand Théophile a dit : *Je baignerai mes*
mains dans les ondes de tes cheveux ; et dans
un autre endroit, il dit *que la charrue écor-*
che la plaine. « Théophile, dit M. de La
» Bruyère (2), charge ses descriptions, s'ap-
» pesantit sur les détails, il exagère, il passe
» le vrai dans la nature, il en fait le roman. »

On peut rapporter à la même espèce les

---

(1) Ignobilitatis vitio laborare videtur celebris illa Ter-
tulliani metaphora, quâ diluvium appellat naturæ gene-
rale lixivium. *De Arte reth.* p. 148.

(2) Caract. des ouvrages de l'esprit.

métaphores qui sont tirées de sujets peu connus.

3.° Il faut aussi avoir égard aux convenances de différens styles; il y a des métaphores qui conviennent au style poétique, qui seraient déplacées dans le style oratoire. Boileau a dit :

> Accourez troupe savante (1);
> Des sons que ma lyre enfante
> Ces arbres sont réjouis.

On ne dirait pas en prose, qu'*une lyre enfante des sons.* Cette observation a lieu aussi à l'égard des autres tropes: par exemple, *lumen*, dans le sens propre, signifie *lumière;* les poètes latins ont donné ce nom à l'œil par métonymie: les yeux sont l'organe de la lumière, et sont, pour ainsi dire, le flambeau de notre corps (2). Un jeune garçon fort aimable était borgne; il avait une sœur fort belle qui avait le même défaut; on leur appliqua ce distique qui fut fait, à une autre

---

(1) *Ode* sur la prise de Namur.

(2) *Lucerna corporis tui est oculus tuus.* Luc. c. XI, v. 34.

occasion,

occasion , sous le règne de Philippe II, roi d'Espagne.

Parve puer , lumen quod habes concede sorori:
Sic tu cœcus Amor, sic erit illa Venus.

Où vous voyez que *lumen* signifie *l'œil ;* il n'y a rien de si ordinaire dans les poètes latins que de trouver *lumina* pour *les yeux ;* mais ce mot ne se prend point en ce sens dans la prose.

4.º On peut quelquefois adoucir une métaphore en la changeant en comparaison, ou bien en ajoutant quelque correctif : par exemple, en disant *pour-ainsi dire , si l'on peut parler ainsi , etc.* « L'art doit être, pour ainsi » dire , enté sur la nature; la nature soutient » l'art et lui sert de base, et l'art embellit et » perfectionne la nature. »

5.º Lorsqu'il y a plusieurs métaphores de suite , il n'est pas toujours nécessaire qu'elles soient tirées exactement du même sujet, comme on vient de le voir dans l'exemple précédent : *enté* est pris de la culture des arbres ; *soutien , base ,* sont pris de l'architecture; mais il ne faut pas qu'on les prenne de

C

sujets opposés, ni que les termes métaphoriques dont l'un est dit de l'autre excitent des
idées qui ne puissent point être liées, comme
si l'on disait d'un orateur, *c'est un torrent
qui s'allume*, au lieu de dire, *c'est un torrent
qui entraîne* (1). On a reproché à Malherbe
d'avoir dit :

> Prends ta foudre, Louis, et va comme un lion.

Il fallait plutôt dire comme *Jupiter*.

Dans les premières éditions du Cid, Chimène disait :

> Malgré des feux si beaux qui rompent ma colère (2).

Feux et *rompent* ne vont point ensemble :
c'est une observation de l'Académie sur les
vers du Cid. Dans les éditions suivantes, on
a mis *troublent*, au lieu de *rompent* ; je ne sais
si cette correction répare la première faute.

Écorce, dans le sens propre, est la partie
extérieure des arbres et des fruits, c'est leur
couverture : ce mot se dit fort bien dans un
sens métaphorique pour marquer les dehors,

---

(1) *Malh.* l. II. Voy. les observations de Ménage sur les
poésies de *Malherbe*.

(2) Le Cid, act. III, sc. 4.

l'apparence des choses ; ainsi l'on dit que les *ignorans s'arrêtent à l'écorce*, qu'*ils s'attachent*, qu'*ils s'amusent à l'écorce*. Remarquez que tous ces verbes *s'arrêtent*, *s'attachent*, *s'amusent*, conviennent fort bien avec *écorce* pris au propre ; mais vous ne diriez pas, au propre, *fondre l'écorce* : fondre se dit de la glace ou du métal, vous ne devez donc pas dire, au figuré, *fondre l'écorce*. J'avoue que cette expression me paraît trop hardie dans une ode de Rousseau. Pour dire que l'hiver est passé, et que les glaces sont fondues, il s'exprime de cette sorte :

L'hiver qui si long-temps a fait blanchir nos plaines,
N'enchaîne plus le cours des paisibles ruisseaux ;
Et les jeunes zéphirs, de leurs chaudes haléines,
    Ont fondu l'*écorce* des eaux (1).

6.º Chaque langue a des métaphores particulières qui ne sont point en usage dans les autres langues ; par exemple, les Latins disaient d'une armée : *dextrum et sinistrum cornu* ; et nous disons *l'aile droite et l'aile gauche*.

_____

(1) Liv. III. od. 6.

Il est si vrai que chaque langue a ses métaphores propres et consacrées par l'usage, que si vous en changez les termes par les équivalens même qui en approchent le plus, vous vous rendez ridicule.

Un étranger, qui depuis devenu un de nos citoyens, s'est rendu célèbre par ses ouvrages, écrivant dans le premier temps de son arrivée en France, à son protecteur, lui disait: *Monseigneur, vous avez pour moi des boyaux de père;* il voulait dire *des entrailles.*

On dit *mettre la lumière sous le boisseau,* pour dire cacher ses talens, les rendre inutiles; l'auteur du poème de la Magdeleine (1) ne devait donc pas dire: *mettre le flambeau sous le muid.*

XI.

LA SYLLEPSE ORATOIRE.

La syllepse oratoire est une espèce de métaphore ou de comparaison par laquelle un même mot est pris en deux sens dans la

_____

(1) Poème de la Magdeleine, l. VII, p. 117.

même phrase, l'un au propre, l'autre au figuré ; par exemple, Corydon dit que Galatée est pour lui plus douce que le thym du mont Hybla (1) ; ainsi parle ce berger dans une églogue de Virgile : le mot *doux* est au propre par rapport au thym, et il est au figuré par rapport à l'impression que ce berger dit que Galatée fait sur lui. Virgile fait dire ensuite à un autre berger, *et moi, que je paraisse à Galatée plus amer que les herbes de Sardaigne, etc.* (2). Nos bergers disent *plus aigre qu'un citron vert.*

Pyrrhus, fils d'Achille, l'un des principaux chefs des Grecs, et qui eut le plus de part à l'embrasement de la ville de Troie, s'exprime en ces termes dans l'une des plus belles pièces de Racine :

Je souffre tous les maux que j'ai faits devant Troie ;
Vaincu, chargé de fers, de regrets consumé,
Brûlé de plus de feux que je n'en allumai (3).

---

(1) . . . . Galatea thymo mihi dulcior Hyblæ.
　　　　　　　　Virg. Ecl. VII, v. 37.

(2) . . . Ego Sardoïs videar tibi amarior herbis. *Ibid.*
v. 41.

(3) *Rac.* Androm. act. I. sc. 4.

Brûlé est au propre par rapport aux feux que Pyrrhus alluma dans la ville de Troie ; et il est au figuré par rapport à la passion violente que Pyrrhus dit qu'il ressentait pour Andromaque.

Au reste, cette figure joue trop sur les mots pour ne pas demander bien de la circonspection ; il faut éviter les jeux de mots trop affectés et tirés de loin.

XII.

L'ALLÉGORIE.

L'ALLÉGORIE a beaucoup de rapport avec la métaphore ; l'allégorie n'est même qu'une métaphore continuée.

L'allégorie est un discours qui est d'abord présenté sous un sens propre, qui paraît tout autre chose que ce qu'on a dessein de faire entendre, et qui cependant ne sert que de comparaison pour donner l'intelligence d'un autre sens qu'on n'exprime point.

Quand on a commencé une allégorie, on doit conserver dans la suite du discours l'image dont on a emprunté les premières expressions. Mme Deshoulières, sous l'image d'une bergère qui parle à ses brebis, rend compte à ses enfans de tout ce qu'elle a fait pour leur procurer des établissemens, et se plaint tendrement, sous cette image, de la dureté de la fortune.

> Dans ces prés fleuris (1)
> Qu'arrose la Seine,
> Cherchez qui vous mène,
> Mes chères brebis :
> J'ai fait pour vous rendre
> Le destin plus doux,
> Ce qu'on peut attendre
> D'une amitié tendre ;
> Mais son long courroux
> Détruit, empoisonne
> Tous mes soins pour vous,
> Et vous abandonne
> Aux fureurs des loups.
> Seriez-vous leur proie ?
> Aimable troupeau !
> Vous de ce hameau
> L'honneur et la joie ;
> Vous qui gras et beau,
> Me donniez sans cesse
> Sur l'herbette épaisse
> Un plaisir nouveau !

(1) Poésies de mad. Deshoul. t. II. p. 88.

Que je vous regrette !
Mais il faut céder,
Sans chien, sans houlette,
Puis-je vous garder ?
L'injuste fortune
Me les a ravis.
En vain j'importune
Le ciel par mes cris ;
Il rit de mes craintes,
Et sourd à mes plaintes,
Houlette, ni chien,
Il ne me rend rien.
Puissiez-vous, contentes,
Et sans mon secours,
Passer d'heureux jours,
Brebis innocentes,
Brebis mes amours !
Que Pan vous défende,
Hélas ! il le sait,
Je ne lui demande
Que ce seul bienfait.
Oui, brebis chéries,
Qu'avec tant de soin
J'ai toujours nourries,
Je prends à témoin
Ces bois, ces prairies,
Que si les faveurs
Du Dieu des pasteurs
Vous gardent d'outrages,
Et vous font avoir
Du matin au soir
De gras pâturages,

J'en conserverai

Tant que je vivrai

La douce mémoire ;

Et que mes chansons

En mille façons

Porteront sa gloire,

Du rivage heureux,

Où, vif et pompeux,

L'astre qui mesure

Les nuits et les jours,

Commençant son cours,

Rend à la nature,

Toute sa parure ;

Jusqu'en ces climats,

Où, sans doute, las

D'éclairer le monde,

Il va chez Thétis

Rallumer dans l'onde

Ses feux amortis.

Cette allégorie est toujours soutenue par des images qui toutes ont rapport à l'image principale par où la figure a commencé : ce qui est essentiel à l'allégorie (1). Vous pouvez entendre à la lettre tout ce discours d'une

---

(1) Id quoque imprimis est custodiendum, ut quo ex genere cœperis translationis, hoc desinas. Multi enim, cùm initium à tempestate sumpserunt, incendio aut ruinâ finiunt : quæ est inconsequentia rerum fœdissima.

Quint. l. VIII. c. 6. Allegoria.

bergère, qui, touchée de ne pouvoir mener
ses brebis dans de bons pâturages, ni les
préserver de ce qui peut leur nuire, leur
adresserait la parole, et se plaindrait à elles de
son impuissance : mais ce sens, tout vrai qu'il
paraît, n'est pas celui que Mme Deshoulières
avait dans l'esprit : elle était occupée des
besoins de ses enfans, voilà ses brebis ; le
chien dont elle parle, c'est son mari qu'elle
avait perdu ; le dieu Pan, c'est le roi.

Souvent les anciens ont expliqué par une
histoire fabuleuse les effets naturels dont ils
ignoraient les causes ; et dans la suite, on a
donné des sens allégoriques à ces histoires.

> Ce n'est plus la vapeur qui produit le tonnerre (1),
> C'est Jupiter armé pour effrayer la terre ;
> Un orage terrible aux yeux des matelots,
> C'est Neptune en courroux qui gourmande les flots ;
> Echo n'est plus un son qui dans l'air retentisse,
> C'est une Nymphe en pleurs qui se plaint de Narcisse,

Cette manière de philosopher flatte l'imagination ; elle amuse le peuple, qui aime le
merveilleux, et elle est bien plus facile que
les recherches exactes que l'esprit méthodique

_____

(1) *Boileau*, Art poét. chant III.

a introduites dans ces derniers temps. Les amateurs de la simple vérité aiment bien mieux avouer qu'ils ignorent, que de fixer ainsi leur esprit à des illusions.

Les énigmes sont aussi une espèce d'allégorie; nous en avons de fort belles en vers français. L'énigme est un discours qui ne fait point connaître l'objet à quoi il convient, et c'est cet objet qu'on propose à deviner. Ce discours ne doit point renfermer de circonstance qui ne convienne pas au mot de l'énigme.

Observez que l'énigme cache avec soin ce qui peut la dévoiler; mais les autres espèces d'allégories ne doivent point être des énigmes, elles doivent être exprimées de manière qu'on puisse aisément en faire l'application.

XIII.

L'ALLUSION.

LES allusions (1) et les jeux de mots ont encore du rapport avec l'allégorie: l'allégorie présente un sens, et en fait entendre un autre;

Alludere R. ad, et ludere.

c'est ce qui arrive aussi dans les allusions et dans la plupart des jeux de mots, *rei alterius ex alterâ notatio.* On fait allusion à l'histoire, à la fable, aux coutumes, et quelquefois même on joue sur les mots.

> Ton roi, jeune Biron, te sauve enfin la vie;
> Il t'arrache sanglant aux fureurs des soldats
> Dont les coups redoublés achevaient ton trépas;
> Tu vis; songe du moins à lui rester fidèle (1).

Ce dernier vers fait allusion à la malheureuse conspiration du maréchal de Biron; il en rappelle le souvenir.

Dans le placet que M. Robin (2) présenta au Roi pour être maintenu dans la possession d'une île qu'il avait dans le Rhône, il s'exprime en ces termes :

> Qu'est-ce en effet pour toi, grand monarque des Gaules,
> Qu'un peu de sable et de gravier?
> Que faire de mon île? Il n'y croît que des saules;
> Et tu n'aimes que le laurier.

Saules est pris dans le sens propre, et *lau-*

---

(1) Henriade, chant 7.

(2) *Giles Robin*, natif du St.-Esprit, de l'Académie d'Arles.

rier dans le sens figuré; mais ce jeu de mots présente à l'esprit une pensée très-fine et très-solide. Il faut pourtant observer qu'elle n'a de vérité que parmi les nations où le laurier est regardé comme le symbole de la victoire.

J'ajouterai encore ici une remarque à propos de l'allusion, c'est que nous avons en notre langue un grand nombre de chansons dont le sens littéral, sous une apparence de simplicité, est rempli d'allusions obscènes. Les auteurs de ces productions sont coupables d'une infinité de pensées dont ils salissent l'imagination; et d'ailleurs ils se déshonorent dans l'esprit des honnêtes gens.

Quintilien (1), tout païen qu'il était, veut que non-seulement on évite les paroles obscènes, mais encore tout ce qui peut réveiller des idées d'obscénité: *Obscœnitas verò non à verbis tantùm abesse debet, sed etiam à significatione.*

XIV.

L'IRONIE.

L'IRONIE est une figure par laquelle on

_____

(1) Quint. instit. Orat. lib. vi, sc. III, de risu.

veut faire entendre le contraire de ce qu'on
dit; ainsi les mots dont on se sert dans l'ironie, ne sont pas pris dans le sens propre et
littéral.

M. Boileau, qui n'a pas rendu à Quinault
toute la justice que le public lui a rendue
depuis, a dit par ironie:

Je le déclare donc, Quinault est un Virgile (1).

Il voulait dire un mauvais poète.

Les idées accessoires sont d'un grand usage
dans l'ironie : le ton de voix, et plus encore
la connaissance du mérite ou du démérite
personnel de quelqu'un, et de la façon de
penser de celui qui parle, servent plus à faire
connaître l'ironie, que les paroles dont on se
sert. Un homme s'écrie : *Oh! le bel esprit!*
Parle-t-il de Cicéron, d'Horace, il n'y a
point là d'ironie, les mots sont pris dans le
sens propre; parle-t-il de Zoïle, c'est une
ironie. Ainsi l'ironie fait une satire avec
les mêmes paroles dont le discours ordinaire
fait un éloge.

_____

(1) *Boileau*, sat. IX.

XV.

L'Euphémisme.

L'euphémisme est une figure par laquelle on déguise des idées désagréables, odieuses ou tristes sous des noms qui ne sont point les noms propres de ces idées : ils leur servent comme de voile, et ils en expriment en apparence de plus agréables, de moins choquantes, ou de plus honnêtes selon le besoin ; par exemple, ce serait reprocher à un ouvrier ou à un valet la bassesse de son état, que de l'appeler *ouvrier* ou *valet*, on leur donne d'autres noms plus honnêtes qui ne doivent pas être pris dans le sens propre. C'est ainsi que le bourreau est appelé par honneur, *le maître des hautes œuvres.*

Un ouvrier qui fait la besogne pour laquelle on l'a fait venir, et qui n'attend plus que son paiement pour se retirer, au lieu de dire, *payez-moi*, dit par euphémisme, *n'avez-vous plus rien à m'ordonner ?*

Les Latins disaient aussi quelquefois, *avoir vécu, avoir été, s'en être allé, avoir passé par*

la vie [*vitâ functus*] (1), au lieu de dire *être
mort;* le terme de *mourir* leur paraissait en
certaines occasions un mot funeste.

XVI.

L'Antiphrase.

L'euphémisme et l'ironie ont donné lieu
aux grammairiens d'inventer une figure
qu'ils appellent *antiphrase*, c'est-à-dire, *con-
tre-vérité;* par exemple : la Mer noire sujette
à de fréquens naufrages, et dont les bords
étaient habités par des hommes extrêmement
féroces, était appelée *Pont-Euxin*, c'est-à-
dire, *mer favorable à ses hôtes, mer hospi-
talière.* C'est pourquoi Ovide a dit que le
nom de cette mer était menteur.

Quem tenet Euxini, mendax cognomine littus (2).

Les furies, Alecto, Tisiphone et Mégère,
ont été appelées *Euménides*, dérivé *du* grec
eumeneis, benevolæ, douces, bienfaisantes.

---

(1) Fungi, fungor, signifie *passé par* dans un sens
métaphorique, *être délivré de, s'être acquitté de.*

(2) Ovid. Trist. l. V. Eleg. X. v. 13.

La commune opinion est que ce nom ne leur
fut donné qu'après qu'elles eurent cessé de
tourmenter Oreste, qui avait tué sa mère. Ce
prince fut, dit-on, le premier qui les appela
Euménides (1). Ce sentiment est adopté par
le P. Sanadon. D'autres prétendent que les
furies étaient appelées *Euménides* long-temps
avant qu'Oreste vînt au monde; mais d'ailleurs cette aventure d'Oreste est remplie de
tant de circonstances fabuleuses, que j'aime
mieux croire qu'on a appelé les furies *Euménides* par euphémisme, pour se les rendre
favorables. C'est ainsi qu'on traite tous les
jours de *bonnes* et de *bienfaisantes* les personnes les plus aigres et les plus difficiles
dont on veut apaiser l'emportement, ou
obtenir quelque bienfait.

Ainsi tous les exemples dont on prétend
autoriser l'antiphrase se rapportent, ou à
l'euphémisme, ou à l'ironie; comme quand
on dit à Paris, *c'est une muette des halles*,
c'est-à-dire, une femme qui chante pouilles,
une vraie harengère des halles; *muette* est dit
alors par ironie.

---

(1) Poésies d'Horace, tom. I. p. 458.

XVII.

LA PÉRIPHRASE.

La périphrase ou circonlocution, est un assemblage de mots qui expriment en plusieurs
paroles ce qu'on aurait pu dire en moins et
souvent en un seul mot ; par exemple : *le vain-*
queur de Darius, au lieu de dire, *Alexandre;*
l'astre du jour, pour dire *le soleil*.

On se sert de périphrase, ou par bienséance, ou pour un plus grand éclaircisse-
ment, ou pour l'ornement du discours, ou
enfin par nécessité.

1.º Par bienséance, lorsqu'on a recours à
la périphrase, pour envelopper les idées bas-
ses ou peu honnêtes. Souvent aussi, au lieu
de se servir d'une expression qui exciterait
une image trop dure, on l'adoucit par une
périphrase, comme nous l'avons remarqué
dans l'euphémisme.

2.º On se sert aussi de périphrase pour
éclaircir ce qui est obscur : les définitions
sont autant de périphrases; comme lorsqu'au
lieu de dire *les Parques*, on dit, *les trois*

Déesses infernales qui, selon la fable, filent la trame de nos jours.

3. On se sert de périphrase pour l'ornement du discours, et sur-tout en poésie. Le génie de la poésie consiste à amuser l'imagination par des images qui, au fond, se réduisent souvent à une pensée que le discours ordinaire exprimerait avec plus de simplicité, mais d'une manière ou trop sèche, ou trop basse : la périphrase poétique présente la pensée sous une forme plus gracieuse ou plus noble : c'est ainsi qu'au lieu de dire simplement *à la pointe du jour*, les poètes disent :

L'aurore cependant, au visage vermeil,
Ouvrait dans l'Orient le palais du soleil ;
La nuit en d'autres lieux portait ses voiles sombres,
Les songes voltigeans fuyaient avec les ombres (1).

4. On se sert de périphrase par nécessité, quand il s'agit de traduire, et que la langue du traducteur n'a point d'expression propre qui réponde à la langue originale : par exemple, pour exprimer en latin une perruque, il faut dire *coma adscititia*, une chevelure em-

_____

(1) *Henriade*, ch. VI.

pruntée, des cheveux qu'on s'est ajustés. Il y a en latin des verbes qui n'ont point de supin et par conséquent point de participe; ainsi, au lieu de s'exprimer par le participe, on est obligé de recourir à la périphrase *fore ut*, *esse futurum ut.*

XVIII.

L'Hypallage.

L'Hypallage est une figure par laquelle on fait un changement dans la construction et la combinaison ordinaire des mots.

Virgile, pour dire *mettre à la voile*; a dit (1), *dare classibus austros*: l'ordre naturel demandait qu'il dît plutôt, *dare classes austris.*

Cicéron, dans l'oraison pour Marcellus, dit à César qu'on n'a jamais vu dans la ville son épée vuide du fourreau, *gladium vaginâ vacuum in urbe non vidimus.* Il ne s'agit pas du fond de la pensée, qui est de faire entendre que César n'avait exercé aucune cruauté dans la ville de Rome, il s'agit de la combinaison des paroles qui ne paraissent pas liées entr'elles, comme elles le sont dans

_____

(1) *Æneidos.*

lē langage ordinaire ; car *vacuus* se dit plutôt
du fourreau que de l'épée.

Et cùm frigida mors animâ seduxerit artus (1).
Ibant obscuri solà sub nocte per umbram (2).
Pocula lethæos ut si ducentia somnos
　　Traxerim (3).
. . . . : . . . . Herculeis sopitas ignibus aras
　　Excitat (4).
. . . . Rapidum ad naves præmittit Achaten,
　　Ascanio (5).
Jamque ascendebant collem qui plurimus urbi
　　Imminet (6).

Tous ces vers contiennent un exemple de
l'hypallage.

XIX.

L'Onomatopée.

L'onomatopée est une figure par laquelle
un mot imite le son naturel de ce qu'il signifie. On réduit sous cette figure les mots for-
més par imitation du son ; comme le *glouglou*

---

(1) Æn. l. IV. v. 385.
(2) Æn. l. VI v. 268.
(3) *Hor.* l. V. od. XIV. v. 3.
(4) Æn. l. VIII. v. 542.
(5) Æn. l. I. v. 644.
(6) Æn. l. I. v. 423.

de la bouteille; le cliquetis; c'est-à-dire, le bruit que font les boucliers, les épées et les autres armes en se choquant. *Tinnitus æris*, tintement; c'est le son clair et aigu des métaux. *Bilbire, bilbit amphora,* la petite bouteille fait glouglou: on le dit d'une petite bouteille dont le goulot est étroit. *Cachinnus,* c'est un rire immodéré.

XX.

Qu'un même mot peut être doublement figuré.

Il est à observer que souvent un mot est doublement figuré, c'est-à-dire qu'en un certain sens il appartient à un certain trope, et qu'en un autre sens il peut être rangé sous un autre trope. On peut avoir fait cette remarque dans quelques exemples que j'ai déjà rapportés. Quand Virgile dit de Bitias, que *pleno se proluit auro*, *auro* se prend d'abord pour la coupe, c'est une synecdoque de la matière pour la chose qui en est faite; ensuite la coupe se prend pour la liqueur qui était contenue dans cette coupe; c'est une métonymie du contenant pour le contenu.

Lorsque, pour dire qu'il faut faire péni-
tence et réprimer ses passions, on dit qu'*il
faut mortifier la chair*, c'est une expression
figurée qui peut se rapporter à la synecdoque
et à la métaphore. *Chair* ne se prend point
alors dans le sens propre, ni dans toute son
étendue ; il se prend pour le corps humain,
et sur-tout pour les passions, les sens: ainsi
c'est une synecdoque ; mais *mortifier* est un
terme métaphorique, on veut dire qu'il faut
éloigner de nous toutes les délicatesses sensibles, qu'il faut punir notre corps, le sevrer
de ce qui le flatte, afin d'affaiblir l'appétit,
charnel, la convoitise, les passions, les soumettre à l'esprit, et, pour ainsi dire, les faire
mourir.

XXI.

*De la subordination des Tropes ou du rang
qu'ils doivent tenir les uns à l'égard des
autres, et de leurs caractères particuliers.*

C'est le rapport de ressemblance qui est
le fondement de la catachrèse et de la métaphore; on dit, au propre, *une feuille d'arbre*,
et par catachrèse *une feuille de papier*, parce

qu'une feuille de papier est à peu près aussi
mince qu'une feuille d'arbre. La catachrèse
est la première espèce de métaphore. On a
recours à la catachrèse par nécessité, quand
on ne trouve point de mot propre pour exprimer ce qu'on veut dire. Les autres espèces de métaphores se font par d'autres mouvemens de l'imagination qui ont toujours la ressemblance pour fondement.

L'ironie, au contraire, est fondée sur un
rapport d'opposition, de contrariété, de différence, et, pour ainsi dire, sur le contraste
qu'il y a, ou que nous imaginons entre un
objet et un autre; c'est ainsi que Boileau a
dit (1) : *Quinault est un Virgile.*

La métonymie et la synecdoque, aussi-bien
que les figures qui ne sont que des espèces
de l'une ou de l'autre, sont fondées sur quelqu'autre sorte de rapport qui n'est ni un
rapport de ressemblance, ni un rapport du
contraire. Tel est, par exemple, le rapport
de la cause à l'effet; ainsi dans la métonymie
et dans la synecdoque les objets ne sont consi-

_____

(1) Satire IX.

dérés ni comme semblables, ni comme contraires; on les regarde seulement comme ayant
entr'eux quelque relation, quelque liaison,
quelque sorte d'union; mais il y a cette différence, que, dans la métonymie, l'union
n'empêche pas qu'une chose ne subsiste indé-
pendamment d'une autre; au lieu que, dans
la synecdoque, les objets dont l'un est dit
pour l'autre, ont une liaison plus dépendante,
comme nous l'avons déjà remarqué; l'un est
compris sous le nom de l'autre; ils forment
un ensemble, un tout; par exemple, quand
je dis de quelqu'un qu'*il a lu Cicéron, Ho-*
race, Virgile, au lieu de dire, *les ouvrages*
de Cicéron, etc., je prends la cause pour
l'effet; c'est le rapport qu'il y a entre un auteur et son livre, qui est le fondement de
cette façon de parler; voilà une relation,
mais le livre subsiste sans son auteur, et ne
forme pas un tout avec lui; au lieu que, lorsque je dis, *cent voiles* pour *cent vaisseaux*,
je prends la partie pour le tout, les voiles sont
nécessaires à un vaisseau : il en est de même
quand je dis qu'on *a payé tant par tête*, la
tête est une partie essentielle à l'homme.

D

Enfin, dans la synecdoque, il y a plus d'union et de dépendance entre les objets dont le nom de l'un se met pour le nom de l'autre, qu'il n'y en a dans la métonymie.

L'allusion se sert de toutes les sortes de relations, peu lui importe que les termes conviennent ou ne conviennent pas entr'eux, pourvu que par la liaison qu'il y a entre les idées accessoires, ils réveillent celle qu'on a eu dessein de réveiller. Les circonstances qui accompagnent le sens littéral des mots dont on se sert dans l'allusion, nous font connaître que ce sens littéral n'est pas celui qu'on a eu dessein d'exciter dans notre esprit, et nous dévoilent facilement le sens figuré qu'on a voulu nous faire entendre.

L'euphémisme est une espèce d'allusion, avec cette différence, qu'on cherche à éviter les mots qui pourraient exciter quelque idée triste, dure, ou contraire à la bienséance.

XXII.

Que l'usage et l'abus des Tropes sont de tous les temps et de toutes les langues.

Dans tous les temps et dans tous les lieux où il y a des hommes, il y a eu de l'imagination, des passions, des idées accessoires, et par conséquent des tropes.

Il y a eu des tropes dans la langue des Chaldéens, dans celle des Égyptiens, dans celle des Grecs et dans celle des Latins : on en fait usage aujourd'hui parmi les peuples même les plus barbares, parce qu'en un mot ces peuples sont des hommes ; ils ont de l'imagination et des idées accessoires.

Il est difficile en parlant et en écrivant, d'apporter toujours l'attention et le discernement nécessaires pour rejeter les idées accessoires qui ne conviennent point au sujet, aux circonstances et aux idées principales que l'on met en œuvre : de là il est arrivé, dans tous les temps, que les écrivains se sont quelquefois servis d'expressions figurées qui ne doivent pas être prises pour modèles.

D 2

Les règles ne doivent point être faites sur l'ouvrage d'aucun particulier; elles doivent être puisées dans le bon sens et dans la nature; et alors quiconque s'en éloigne ne doit pas être imité en ce point. Si l'on veut former le goût des jeunes gens, on doit leur faire remarquer les défauts aussi-bien que les beautés des auteurs qu'on leur fait lire. Il est plus facile d'admirer, j'en conviens; mais une critique sage, éclairée, exempte de passion et de fanatisme, est bien plus utile.

PRINCIPES

DE

NARRATION.

PREMIÈRE PARTIE.

CHAPITRE PREMIER.

Du récit pris en général.

LE récit est l'exposition d'un événement qui est arrivé ou qui a pu arriver. Par cette définition nous comprenons donc le récit *vrai* et le récit *feint.*

Le récit doit avoir quatre qualités : la briéveté, la clarté, la vraisemblance et l'ornement.

I.

Briéveté du récit.

IL sera *court,* 1.° si l'on ne reprend pas les choses de trop loin, et s'il n'est pas con-

D 3

tinué plus avant qu'il n'est nécessaire; 2.º si l'on ne dit chaque chose qu'une fois; 3.º si l'on n'ajoute aucune circonstance étrangère au sujet; 4.º si, en un mot, il n'y a rien qu'on puisse en retrancher.

« Soyez vif et serré dans vos narrations (1) »,

dit Boileau; mais *prenez garde de l'être trop*, dit-il ailleurs.

Il y a aussi un écueil à éviter de ce côté-là, c'est l'obscurité:

« J'évite d'être long, et je deviens obscur (2) ».

Le récit doit être court, c'est-à-dire que toutes les circonstances doivent être utiles, et doivent contribuer à peindre l'action dont il s'agit. La briéveté du récit ne consiste donc pas seulement à se renfermer en peu de paroles; car un récit de deux pages est court, quand il ne contient que ce qui est nécessaire; au lieu qu'un autre de vingt lignes est long, parce qu'il aurait pu être renfermé dans dix. On est donc court toutes les fois qu'on ne

(1) Art poét.
(2) Art poét.

dit que ce qui est nécessaire. Je veux faire le récit de mon voyage de Marseille à Constantinople, et je dis : « Je vins au port, j'y » trouvai plusieurs vaisseaux, je les examinai » tous, je m'arrêtai à un, j'en demandai le » prix, nous en convînmes avant l'entrée. Je » m'embarque, on lève l'ancre, on se met en » mer, etc. » Quoi de plus inutile que tout ce détail ! C'est commencer le récit de la guerre de Troie par les deux œufs de Léda. Il suffisait de dire : *Je partis tel jour de tel port.* Cette observation est des plus nécessaires; on pèche souvent contre cette règle. On dit que le récit demande du détail, et l'on détaille tout indifféremment, sans songer que dans le récit telle chose doit être détaillée, et telle autre ne l'être pas. Par exemple, en racontant ce voyage, je ne dirai qu'un mot de mon embarquement; mais si j'ai essuyé quelque tempête, je peindrai, pour rendre la chose plus intéressante, le ciel se couvrant de nuages, le vent soufflant avec furie, les flots bouleversés, mon vaisseau tantôt élevé, tantôt précipité dans l'abîme, les matelots troublés, les passagers dans une frayeur extrême, et enfin tout ce qui accompagne ordinairement une tempête.

Il y a des occasions où les menus détails font un très-bon effet : comme, par exemple, lorsque Lafontaine peint les tentatives des rats, qui, après plusieurs alarmes, commencent à ressortir.

« Mettent le nez à l'air, montrent un peu la tête,
» Puis rentrent dans leurs nids à rats,
» Puis ressortant font quatre pas,
» Puis enfin se mettent en quête.
» Mais voici bien une autre fête,
» Le pendu ressuscite (1) ».

Tous ces petits détails sont bien placés, parce qu'ils semblent amuser et comme endormir le lecteur, en lui faisant observer les mouvemens de *la gent trotte-menu*, pour le réveiller ensuite tout à coup par la chûte du pendu qui ressuscite.

II.

Clarté du récit.

Le récit sera *clair*, 1.º s'il est écrit en termes propres et expressifs; 2.º s'il présente avec

_____

(1) *Lafont.*, l. 3, f.ᵉ 18.

ordre et distinctement les circonstances du
fait, des personnes, du lieu et du temps;
3.º s'il n'y a point d'ambiguité, point d'obscurité ni dans les pensées, ni dans les expressions. En un mot, le récit est clair quand
chaque chose est mise en sa place et en son
temps, que les termes et les tours sont propres et sans équivoque.

III.

Vraisemblance du récit.

Afin que le récit soit *vraisemblable*, 1.º il
faut qu'il ait tous les traits qui se trouvent
ordinairement dans la vérité; que la facilité,
le lieu et la disposition des acteurs condui-
sent à l'action; 2.º que tout y soit peint selon
le caractère connu des acteurs. Cette règle
s'observe également dans les fables où l'on
doit conserver la fourberie au renard, la
douceur à l'agneau, la violence et la rapacité
au loup.

Observez soigneusement de montrer tous
les traits qu'on retrouve dans la vérité: par
exemple, la férocité et la violence sont naturelles au loup parlant à l'agneau qui boit au

même ruisseau que lui; mais l'on manquera
à la vraisemblance, si on lui conservait son
caractère quand il se trouve enfermé dans
une bergerie, parce que, dans cette occasion, rien n'est plus souple que le loup.

On pèche contre la vraisemblance si l'on
donne aux acteurs qu'on introduit sur la scène,
des sentimens ou des actions contraires à
leur nature, à leur caractère, à leurs mœurs,
à leur âge, à leur rang. Caton et Néron se
tuèrent pour ne pas tomber entre les mains
de leurs ennemis; mais leur mort doit avoir
des circonstances bien différentes : on ne
manquerait pas moins à la vraisemblance
en donnant du courage à Néron, qu'en donnant de la timidité à Caton.

IV.

Ornement du récit.

LE récit sera *orné* et agréable, 1.° si on
l'assaisonne de termes élégans, choisis et
bien propres au sujet; 2.° si on l'orne de
figures, telles que la description, la suspen-

sion, etc., et si l'on y dépeint les diverses passions convenables dans la circonstance ; la douleur, la crainte, la joie, etc.; 3.º s'il est, en un mot, relevé par tous les ornemens dont le sujet est susceptible : mais il est très-important d'examiner ceux qui conviennent, car tous ne sont pas propres dans toutes les occasions.

Les ornemens du récit consistent :

1.º Dans les images, les descriptions, les portraits des lieux, des temps, des personnes, des attitudes. Lorsque ces images sont étendues, on les nomme descriptions; on peut décrire les mœurs, *exemple* :

> « Ver-vert était un perroquet dévot,
> » Une belle ame innocemment guidée;
> » Jamais du mal il n'avait eu l'idée,
> » Ne disait onc un immodeste mot :
> » Mais, en revanche, il savait des cantiques,
> » Des *oremus*, des colloques mystiques,
> » Il disait bien son bénédicité,
> » Et notre mère et votre charité (1) ».

On décrit le corps :

> « Un jour sur ses longs pieds allait je ne sais où (2)

---

(1) *Gresset. Ver-vert.*
(2) *Lafont.*, l. 7, f.ᵉ 4.

D 6

» Le héron au long bec emmanché d'un long cou ».

On décrit les lieux :

« Non loin de ce rivage, un bois sombre et tranquille,
» Sous des ombrages frais, présente un doux asile :
» Un rocher qui le cache à la fureur des flots,
» Défend aux aquilons d'en troubler le repos ;
» Une grotte est auprès, dont la simple structure
» Doit tous ses ornemens aux mains de la nature (1) ».

Lafontaine, racontant l'aventure d'un cuisinier qui pensa tuer un cygne pour un oison, décrit ainsi les occupations des cygnes :

« Des fossés du château faisant leurs galeries,
» Tantôt on les eût vus côte à côte nager,
» Tantôt courir sur l'onde, et tantôt se plonger,
» Sans pouvoir satisfaire à leurs vaines envies (2) ».

Cette description ne fait pas partie de l'événement, elle n'en renferme aucune circonstance ; mais elle sert à l'ornement.

Il faut prendre garde de n'être pas prodigue de ces sortes d'ornemens : une description trop étendue est moins un agrément dans le

---

(1) *Vol. Henr. chant.* 1.er
(2) *Lafont.*, l. 3, f.e 12.

récit, qu'un écart. On peut remarquer, en général, que les descriptions sont plus convenables dans le récit en vers que dans le récit en prose.

Outre ces descriptions, il en est d'autres plus courtes, et qui se font à moins de frais; souvent ce n'est qu'un mot, qu'une épithète; *exemples* :

« *Demoiselle* belette au corps long et *fluet* (1) ».
» La *dame* au *nez pointu* (2) ».
» Un mort s'en allait *tristement* (3) ».

Ces peintures sont d'autant plus agréables, qu'elles sont moins étendues, et que, sans nous arrêter, elles nous tiennent, pour ainsi dire, compagnie dans les choses que nous voulons suivre.

2.º Dans les pensées. Quoique toutes les phrases d'un discours puissent s'appeler *pensées*, puisqu'elles renferment nécessairement un sens, on donne plus particulièrement ce nom à celles qui expriment quelque chose

---

(1) *Lafont.*, l. 3.ᵉ, f.ᵉ 17.
(2) ——— l. 7, f.ᵉ 16.
(3) ——— l. 7, f.ᵉ 11.

qui frappe, qui saisit; soit une sentence morale, soit une réflexion, soit une pensée
brillante. On trouve dans Lafontaine beaucoup de ces pensées remarquables; tantôt
c'est la solidité :

> « Dieu prodigue ses biens
> » A ceux qui font vœu d'être siens »

Et ailleurs, en parlant d'un philosophe :

> « Il connaît l'univers, et ne se connaît pas (1) ».
> « Le sage est ménager du temps et des paroles (2) ».

Tantôt la singularité :

> « Un lièvre en son gîte songeait ;
> » Car que faire en un gîte à moins que l'on ne songe (3) »?

Tantôt la finesse :

> « Au fond du temple eût été son image,
> » Avec ses traits, son souris, ses appas,
> » Son art de plaire et de n'y penser pas (4) ».

3.º Dans les allusions à des choses éloignées qui semblent n'avoir aucune propor-

---

(1) Lafontaine.
(2) *Ibid*.
(3) —— l. 2, f.ᵉ 14.
(4) —— l. 12, f.ᵉ 15.

tion avec celles dont il s'agit : elles font souvent un contraste d'autant plus agréable, que l'on s'y attend moins. Par exemple, Cicéron décrivant les festins de Verrès, les compare plaisamment à la bataille de Cannes, parce que les convives pris de vin étaient ou *emportés hors de la salle comme hors d'un combat*, ou *renversés par terre, et laissés pour morts sans connaissance et sans sentiment.*

C'est principalement dans les sujets badins et petits qu'on emploie ces sortes d'allusions. Les fables de Lafontaine en sont remplies. Ainsi les canards, en parlant à la tortue qui s'était mis en tête de voyager, lui disent:

« Voyez-vous ce large chemin ?
» Nous vous voiturerons, par l'air, en Amérique;
» Vous verrez mainte république,
» Maint royaume, maint peuple, et vous profiterez
» Des différentes mœurs que vous remarquerez.
» *Ulysse en fit autant.* On ne s'attendait guère
» De voir Ulysse en cette affaire (1) ».

4.º Dans les tours qui doivent être vifs et piquans; *exemple*:

« Un bloc de marbre était si beau,

_____

(1) Lafont., l. 10, f.º 3.

» Qu'un statuaire en fit l'emplette.

» Qu'en fera, dit-il, mon oiseau?

» Sera-t-il dieu, table, ou cuvette ?

» Il sera dieu : même je veux

» Qu'il ait en sa main un tonnerre.

» Tremblez, humains ; faites des vœux,

» Voici le maître de la terre (1) ».

5.º Dans les expressions qui sont tantôt hardies, *exemple* :

Ne coupez point ces arbres, disait le philosophe scythe :

« Ils iront assez tôt *border le noir rivage* (2) ».

Tantôt riches :

« Le moindre vent qui d'aventure

» Fait *rider* la face de l'eau (3) ».

Tantôt brillantes ; comme lorsque Lafontaine appelle l'arc-en-ciel, *l'écharpe d'Iris*.

Tantôt fortes :

« Un renard qui *cajole* un corbeau sur sa voix ».

Ce qui contribue beaucoup à l'agrément du récit, en lui procurant de la vivacité, c'est de lui donner la forme du dialogue,

---

(1) *Lafont.*, l. 9 , f.ᵉ 6.

(2) ——— l. 12 , f.ᵉ 20.

(3) ——— l. 1 , f.ᵉ 22.

comme dans la fable de l'*Huître et des Plaideurs* (1); d'employer le présent pour le prétérit, quoique la chose soit déjà passée, et de se servir du présent de l'infinitif, comme Lafontaine, qui peint ainsi la frayeur des grenouilles à la vue d'un lièvre courant près de leur étang:

« Grenouilles aussitôt de *sauter* dans les ondes;
» Grenouilles de *rentrer* dans leurs grottes profondes (2)».

Mme de Sévigné emploie agréablement le présent pour le passé, en racontant de cette manière l'aventure du chevalier de Nantouillet au passage du Rhin: «Le chevalier de » Nantouillet était tombé de cheval; il va » au fond de l'eau, il revient, il retourne, » il revient encore; enfin il trouve la queue » d'un cheval, et s'y attache: ce cheval le » mène à bord; il monte sur le cheval, se » trouve à la mêlée, reçoit deux coups dans » son chapeau, et revient gaillard».

Le récit doit encore une partie de ses grâces au style dont il est revêtu; mais nous en parlerons en son lieu.

---

(1) *Lafont.*, l. 9, f.^e 9.
(2) ———— l. 2, f.^e 14.

Chapitre II.

Différentes espèces de récits.

Il y en a de deux espèces : le récit feint, qui comprend la fable et le récit poétique ; le récit vrai, qui comprend le récit historique et le récit oratoire.

Art. 1.er *La Fable.*

La fable ou l'apologue est un récit feint qui, sous l'enveloppe des mots, cache quelque vérité propre à former les mœurs. La fable doit avoir, 1.º les quatre qualités que nous avons dit convenir au récit ; 2.º un sens moral ou au commencement, ou à la fin. Ainsi une bonne fable plaira par les ornemens et par les autres qualités du récit, de même que par la morale qu'elle fournira.

L'apologue est le récit d'une action allégorique attribuée ordinairement aux animaux.

1.º L'apologue est le *récit d'une action.* Une *action* est une entreprise faite avec dessein et avec choix. Un édifice tombe tout- à coup; c'est uu événement, c'est un fait. Un homme se laisse tomber par inadvertance; c'est un acte : il fait effort pour se relever; c'est une action. Ce qu'on appelle un *fait* ne suppose point de vie, point de puissance active dans le sujet. L'*acte* suppose une puissance active qui s'exerce, mais sans choix et sans liberté. *L'action* suppose, outre le mouvement et la vie, un choix et une fin, et ne convient qu'à l'homme usant de sa raison.

L'action de la fable doit être une, juste, naturelle, et avoir une certaine étendue.

Elle doit être une, c'est-à-dire que toutes ses parties doivent aboutir à un même point : ce point dans l'apologue, c'est la morale ou moralité ; *juste,* c'est-à-dire signifier directement et avec précision ce qu'on se propose d'enseigner ; *naturelle,* c'est-à-dire fondée sur la nature, ou du moins sur l'opinion reçue. La fable des deux Pigeons, par Lafontaine, pèche contre l'unité ; celle de la Génisse en société avec le Lion, par Phèdre, contre la nature ; celle des Moineaux, par Lamotte, contre la justesse. Enfin, la fable doit *avoir une certaine étendue*, c'est-à-dire qu'on doit y distinguer aisément un commencement, un milieu et une fin. Le commencement présente une entreprise ; le milieu contient l'effort pour achever l'entreprise, c'est le nœud ; enfin elle se termine, c'est le dénouement. Il faut partir, marcher, arriver ; ou, ce qui est la même chose, entreprendre, agir et achever l'entreprise.

Quand Boileau dit :

« La montagne en travail enfante une souris ».

Ce n'est pas le récit d'une action, c'est la citation d'un fait ; mais qu'on dise avec Lafontaine :

« Une montagne au mal d'enfant
» Jetait une clameur si haute,

Voilà un récit qui commence. Que doit produire ce travail, cette clameur ? Les peuples accourent de toutes parts ; on attend un grand événement : voilà le milieu.

» Que chacun au bruit accourant,
» Crut qu'elle accoucherait sans faute,
» D'une cité plus grosse que Paris :
» Elle accoucha d'une souris (1) ».

Voilà le dénouement.

_____

(1) *Lafont.*, l. 5, f.e 10.

2.º L'action de l'apologue est allégorique, c'est-à-dire qu'elle couvre une maxime ou une vérité. Tous les apologues sont des miroirs où nous voyons la justice ou l'injustice de notre conduite dans celle des animaux. Le loup et l'agneau, par exemple, sont deux personnages, dont l'un nous représente l'homme puissant et injuste, l'autre l'homme innocent et faible ; celui-ci, après d'injustes traitemens, est enfin la victime du premier. On reconnaît les hommes dans l'action des animaux.

L'instruction qui résulte du récit allégorique dans l'apologue se nomme *moralité*. Elle doit être claire, courte et intéressante ; il n'y faut point de métaphysique, point de vérité trop triviale, comme serait celle-ci : *il faut ménager sa santé ;* nous le savons assez : il n'est pas besoin d'une fable pour nous en convaincre. Phèdre et Lafontaine placent indifféremment la moralité tantôt avant, tantôt après le récit, selon que le goût l'exige ou le permet. L'avantage est à peu près égal pour l'esprit du lecteur : dans le premier cas, on a le plaisir de combiner chaque trait du récit

94

avec la vérité; dans le second, on a le plaisir
de la suspension, et le mérite de prévoir ce
qui doit arriver.

DIVERSES SORTES DE FABLES.

Il y a trois espèces de fables : la fable raisonnable, la fable morale et la fable mixte.

Fable raisonnable.

Les fables *raisonnables* sont celles dont
les personnages ont l'usage de la raison;
exemple.

Le Vieillard et ses enfans.

« Toute puissance est faible, à moins que d'être unie;
» Écoutez là-dessus l'esclave de Phrygie.
» Si j'ajoute du mien à son invention,
» C'est pour peindre nos mœurs, et non point par envie;
» Je suis trop au-dessous de cette ambition.
» Phèdre enchérit souvent par un motif de gloire:
» Pour moi, de tels pensers me seraient mal-séans.
» Mais venons à la fable, ou plutôt à l'histoire
» De celui qui tâcha d'unir tous ses enfans.

» Un vieillard, près d'aller où la mort l'appelait:
» Mes chers enfans, dit-il (à ses fils il parlait),
» Voyez si vous romprez ces dards liés ensemble;
» Je vous expliquerai le nœud qui les assemble :

» L'aîné les ayant pris, et fait tous ses efforts,

» Les rendit, en disant : Je le donne aux plus forts,

» Un second lui succède, et se met en posture ;

» Mais en vain. Un cadet tente aussi l'aventure.

» Tous perdirent leur temps, le faisceau résista :

» De ces dards joints ensemble un seul ne s'éclata.

» Faibles gens ! dit le père, il faut que je vous montre

» Ce que ma force peut en semblable rencontre.

» On crut qu'il se moquait, on sourit, mais à tort :

» Il sépare les dards, et les rompt sans effort.

» Vous voyez, reprit-il, l'effet de la concorde :

» Soyez joints, mes enfans ; que l'amour vous accorde.

» Tant que dura son mal, il n'eut autre discours.

» Enfin se sentant près de terminer ses jours,

» Mes chers enfans, dit-il, je vais où sont nos pères ;

» Adieu : promettez-moi de vivre comme frères ;

» Que j'obtienne de vous cette grâce en mourant.

» Chacun de ses trois fils l'en assure en pleurant.

» Il prend à tous les mains, il meurt, et les trois frères

» Trouvent un bien fort grand, mais fort mêlé d'affaires.

» Un créancier saisit, un voisin fait procès :

» D'abord notre trio s'en tire avec succès.

» Leur amitié fut courte autant qu'elle était rare.

» Le sang les avait joints, l'intérêt les sépare :

» L'ambition, l'envie, avec les consultans,

» Dans la succession entrent en même temps.

» On en vient au partage, on conteste, on chicane ;

» Le juge sur cent points tour à tour les condamne.

» Créanciers et voisins reviennent aussitôt,

» Ceux-là sur une erreur, ceux-ci sur un défaut.

» Les frères désunis sont tous d'avis contraire :

» l'un veut s'accommoder, l'autre n'en veut rien faire.

» Tous perdirent leur bien, et voulurent trop tard

» Profiter de ces dards unis et pris à part (1) ».

Fable morale.

Les fables *morales* sont celles dont les personnages, ou bêtes, ou choses inanimées, ont par emprunt les mœurs des hommes ; c'est là proprement *l'apologue*.

Le Chêne et le Roseau.

« Le chêne un jour dit au roseau :

» Vous avez bien sujet d'accuser la nature :

» Un roitelet pour vous est un pesant fardeau ;

» Le moindre vent qui d'aventure

» Fait rider la face de l'eau,

» Vous oblige à baisser la tête :

» Cependant que mon front, au Caucase pareil,

» Non content d'arrêter les rayons du soleil,

» Brave l'effort de la tempête.

» Tout vous est aquilon, tout me semble zéphir ;

» Encor si vous naissiez à l'abri du feuillage

» Dont je couvre le voisinage,

» Vous n'auriez pas tant à souffrir,

» Je vous défendrais de l'orage.

» Mais vous naissez le plus souvent

» Sur les humides bords des royaumes du vent.

» La nature envers vous me semble bien injuste,

» Votre compassion, lui répondit l'arbuste,

---

(1) Lafont., l. 4, f.e 18.

» Part

» Part d'un bon naturel : mais quittez ce souci ;
  » Les vents me sont moins qu'à vous redoutables :
» Je plie, et ne romps pas. Vous avez jusqu'ici
      » Contre leurs coups épouvantables
      » Résisté sans courber le dos :
» Mais attendons la fin. Comme il disait ces mots,
» Du bout de l'horizon accourt avec furie
      » Le plus terrible des enfans
» Que le nord eût portés jusques-là dans ses flancs.
      » L'arbre tient bon ; le roseau plie.
      » Le vent redouble ses efforts,
      » Et fait si bien qu'il déracine
» Celui de qui la tête au ciel était voisine,
» Et dont les pieds touchaient à l'empire des morts (1)».

Fable mixte.

Les fables *mixtes* sont celles où un personnage raisonnable agit avec un autre qui
ne l'est point.

L'Ane et ses Maîtres.

« L'âne d'un jardinier se plaignait au destin
» De ce qu'on le faisait lever devant l'aurore.
» Les coqs, lui disait-il, ont beau chanter matin,
      » Je suis plus matineux encore.
» Et pourquoi ? pour porter des herbes au marché !
» Belle nécessité d'interrompre mon somme !

---

(1) Lafont., l. 1, f. 22.

E

» Le sort, de sa plainte touché,
» Lui donne un autre maître, et l'animal de somme
» Passe du jardinier aux mains d'un corroyeur.
» La pesanteur des peaux et leur mauvaise odeur
» Eurent bientôt choqué l'impertinente bête.
» J'ai regret, disait-il, à mon premier seigneur :
  » Encor, quand il tournait la tête,
  » J'attrapais, s'il m'en souvient bien,
» Quelque morceau de chou qui ne me coûtait rien :
» Mais ici point d'aubaine ; ou, si j'en ai quelqu'une,
» C'est de coups. Il obtint changement de fortune ;
  » Et sur l'état d'un charbonnier
  » Il fut couché tout le dernier.
» Autre plainte. Quoi donc ! dit le sort en colère,
  » Ce baudet-ci m'occupe autant
  » Que cent Monarques pourraient faire :
» Croit-il être le seul qui ne soit pas content ?
  » N'ai-je en l'esprit que son affaire ?
» Le sort avait raison. Tous gens sont ainsi faits :
  » Notre condition jamais ne nous contente ;
  » La pire est toujours la présente.
» Nous fatiguons le ciel à force de placets.
» Qu'à chacun Jupiter accorde sa requête,
  » Nous lui romprons encor la tête (1) ».

Les acteurs les plus ordinaires de l'apologue sont les animaux. Mais il faut bien se
rappeler ce que nous avons dit en parlant de
la vraisemblance, qualité essentielle à toute

(1) *Lafont.*, l. 6, f. 11.

narration ou récit. Il faut donner à ses acteurs
un caractère formé d'après nature, et le soutenir dans toute la suite du récit. Un auteur,
parlant de l'utilité de la fable, caractérise
ainsi les différentes espèces d'animaux.

« La fable est de nos mœurs une vive peinture.
  Jadis l'auteur de la nature
  Imprima dans les animaux
Les penchans des humains, leurs vertus, leurs défauts,
  C'est ici l'école du sage;
Il peut étudier dans chaque personnage
  (Si l'on sait les représenter
  Chacun avec son apanage)
  Ce qu'il faut fuir, ce qu'il faut imiter.
Le lion, le cheval sont remplis de courage;
On voit briller en eux la générosité.
  Le loup, le tigre ont en partage
  La fureur et la cruauté;
  L'ours, la colère et la férocité;
  Le renard, la ruse et l'adresse;
Le singe, la malice et la subtilité.
Le baudet n'a pour lui que la stupidité,
  L'entêtement et la paresse;
  Le lièvre, la timidité.
La colombe sans fiel, la brebis sans finesse,
  Charment par leur douceur,
  Le chien par sa fidélité.
Le bœuf que l'aiguillon presse et pique sans cesse,
Montre au travail ses soins et son assiduité.
Les oiseaux, les poissons, chacun dans son espèce,

E 2

Les insectes aussi, malgré leur petitesse,
Font voir dans leur instinct même variété ».

Nous finirons ce qui regarde l'apologue, en disant quelque chose sur le style qui lui est propre et sur la manière de composer une fable.

Style de la narration dans la fable.

LE style de la fable doit être simple, familier, riant, gracieux, naturel et même naïf.

La simplicité consiste à dire en peu de mots, et avec les termes ordinaires, ce qu'on veut dire. Rien ne nuit tant à la fable que l'appareil et l'air composé qui met le lecteur en garde contre l'insinuation. Il y a cependant des fables où Lafontaine prend l'essor; mais cela n'arrive que quand les personnages ont de la grandeur et de la noblesse ; d'ailleurs cette élévation ne détruit point la simplicité qui s'accorde, on ne peut mieux, avec la dignité.

La familiarité du style exige le choix de ce qu'il y a de plus fin et de plus délicat dans le langage des conversations; car il n'est pas permis de tout ramasser. Lafontaine peut servir de modèle en ce genre.

Le style riant est caractérisé par son opposition au triste, au sérieux, et le gracieux par son opposition au désagréable.

Le style riant consiste à transporter aux animaux des dénominations et des qualités qui ne se donnent qu'aux hommes. *Certain renard gascon*, *une Hélène au beau plumage* (c'est une belle poule); *sa majesté fourrée*. C'est encore de comparer de petites choses à ce qu'il y a de plus grand, et de mesurer les grands intérêts par les petits; ce qui fait une sorte de grotesque.

« Deux coqs vivaient en paix; une poule survint,
» Et voilà la guerre allumée: *Amour tu perdis Troie* (1) ».

Quelquefois il est dans une circonlocution qui fait image; ainsi en parlant d'un sanglier dur à tuer, l'on a dit:

............La Parque et ses ciseaux
Avec peine y mordaient.........(2).

Le gracieux se place ordinairement dans

---

(1) Lafontaine.
(2) *Ibid.*

E 3

les descriptions qu'on jette de temps en temps dans les récits. Il consiste à montrer les choses avec tout l'agrément qu'elles peuvent recevoir :

« Ce breuvage vanté par le peuple rimeur,
» Ce nectar que l'on sert au maître du tonnerre, —
» Et dont nous enivrons tous les dieux de la terre:
» C'est la louange (1). . . . . . . »

Et ailleurs :

« . . . . Les lapins
» S'égayaient, et de thym parfumaient leur banquet ».

Le style naturel est opposé en général au recherché, au forcé; le naïf l'est au réfléchi, et semble n'appartenir qu'au sentiment, comme dans la fable de la laitière :

« Il m'est, disait-elle, facile
» D'élever des poulets autour de ma maison ;
» Le renard sera bien habile
» S'il ne m'en laisse assez pour avoir un cochon.
» Le porc à s'engraisser coûtera peu de son ;
» Il était, quand je l'eus, de grosseur raisonnable:
» J'aurai, le revendant, de l'argent bel et bon,
» Et qui m'empêchera de mettre en notre étable.
» Vu le prix dont il est, une vache et son veau,
» Que je verrai sauter au milieu du troupeau?

(1) Lafontaine, liv. 10, fab. 1.re

» Perrette là-dessus saute aussi transportée :
» Le lait tombe; adieu veau, vache, cochon, couvée (1)».

La naïveté du style consiste dans le choix de certaines expressions simples, pleines d'une molle douceur, qui paraissent nées d'elles-mêmes, plutôt que choisies; dans ces constructions faites comme par hasard, dans certains tours, rajeunis qui conservent cependant encore un air de vieille mode. Personne ne dispute le prix à Lafontaine dans cette partie de la fable, Il en avait le goût naturel, et il l'avait perfectionné par la lecture de nos vieux auteurs français, dont la naïveté est admirable.

Composition de la fable.

1.º Il faut garder la vraisemblance. On est convenu parmi les fabulistes de donner à chaque animal certaines qualités qu'il ne possède peut-être pas d'une manière aussi complète. On donne, comme nous l'avons vu plus haut, la finesse au renard : il y en a dans toutes ses malices, dans ses remon-

(1) Lafontaine, l. 7; f.º 10.

E 4

trances, dans ses flatteries, dans ses excuses,
dans ses cruautés. Quoique cet animal, par
lui-même, ne l'emporte peut-être pas sur le
loup, qui n'est pas moins adroit que lui
quand il s'agit de pourvoir à sa nourriture,
ou de se garantir d'un piége, cependant il
a plu au premier fabuliste (Ésope) de donner au renard le rôle de la finesse ; et cette
autorité est d'un trop grand poids pour ne pas
s'y soumettre. Lafontaine prétend que plusieurs autres animaux ne sont guères moins fins
que le renard; néanmoins cet inimitable fabuliste n'a pas osé résister à l'ancien préjugé,
et le renard joue toujours chez lui le rôle
de la fourberie et de la finesse. Ainsi les caractères donnés par les fabulistes à chaque
animal acteur dans la fable, doivent être
pour nous une règle essentielle ; par conséquent ce serait pécher contre la vraisemblance, que de faire tomber le renard dans
des piéges qu'un âne aurait tendus, à moins
qu'on ne voulût prouver que les plus expé-
rimentés sont quelquefois la dupe des plus
mal-habiles ; ce qui conserverait à ces deux
animaux leur caractère.

2.º Tous les êtres animés ou inanimés, qui sont personnifiés dans l'apologue, doivent parler selon leur caractère ; et comme non-seulement les hommes, mais les animaux, les arbres, etc., parlent dans la fable, il faut se pénétrer à fond de leur caractère, pour leur faire tenir des discours convenables ; et pour cela, il faut nous mettre à la place de ceux que nous faisons parler, nous animer de la passion que nous voulons représenter en eux, nous retracer vivement les circonstances qui augmentent, diminuent, et font varier cette passion.

3.º Le point le plus essentiel pour la construction et la narration d'une fable, pour les discours et la conduite des acteurs, c'est la connaissance des effets que les passions produisent ; car les acteurs ne font ici que prêter leur nom, et ce sont les passions qui jouent leur rôle. Ainsi lorsqu'on fait agir ou parler un fripon dans la fable, peu importe que ce soit un singe, un chat, ou un renard ; mais il est nécessaire que la friponnerie soit bien soutenue. On ne saurait trop répéter aux commençans que les véritables personnages

de la fable sont les passions : les animaux,
les plantes, les hommes ne sont que les comé-
diens, dont la connaissance importe beaucoup moins.

A ces principes généraux sur la construction d'une fable, ajoutons des moyens particuliers. Il faut, 1.º trouver les choses qu'on
doit dire ; 2.º les mettre dans un ordre con-
venable ; 3.º les exprimer avec décence et
d'une manière propre aux acteurs qu'on introduit sur la scène. Prenons l'inimitable
Lafontaine pour modèle dans l'application
de ces règles. Un jeune prince (le duc de
Bourgogne) lui demanda une fable, et lui
donna pour acteurs *le chat et la souris* (1).

Comment s'y prit le poète pour la traiter ?
Du premier coup-d'œil, il vit les rôles que
devaient faire les acteurs : le chat est fait pour
prendre, la souris pour être prise. Mais cette
première idée ne le menait encore à rien.
Il suppose que la souris est jeune, et le
chat vieux. On ne peut refuser au poète
ces deux circonstances qu'il invente, parce

(1) *Lafont.*, l. 12, f. 5.

qu'elles ne changent rien au sujet ; cependant ce sont elles qui vont produire l'action.

Si la souris est jeune, elle est sans expérience : si le chat est vieux, il n'est rien
moins que sot. Nous voilà tout à côté de ce
que nous cherchons. Voilà des acteurs, des
caractères ; mais où est l'action ?

La voici : une jeune souris attrapée par
un vieux chat voulut le fléchir : mais le vieux
chat se moqua de ses prières, et dévora sa
proie.

Tel est le fond de l'apologue qu'on appelle les choses : c'est la première et la principale opération du génie, celle qu'on nomme
invention. Il y a ensuite le développement de
ces premières parties. La souris voulut fléchir le chat, par conséquent elle lui fit un
petit discours. Le chat s'en moqua ; en consé-
quence il lui fit une petite réponse. Où prendre ces discours ? Dans la maxime d'Horace :
dicat debentia dici. La souris parlera selon
son âge, sa taille, sa situation ; le chat de
même. L'invention, comme on voit, a fourni
toutes les pièces de l'édifice. Venons à la
disposition.

E 6

Cette seconde partie tient presque à la
première; parce que le génie, lorsqu'il enfante, étant mené par la nature, va d'une
chose à celle qui doit la suivre. La souris
doit être attrapée d'abord, ensuite prier; le
chat doit répondre : enfin la souris est im-
molée.

Vient ensuite l'*expression* qui revêt de
mots les pensées dont la fable est composée.
Ces mots sont de deux sortes : les uns sont
employés seulement pour rendre la chose; les
autres pour y ajouter des grâces. Examinons
l'art et le goût du poète dans cette partie de
son ouvrage :

« Une jeune souris, de peu d'expérience,
» Crut fléchir un vieux chat, implorant sa clémence
» Et payant de raisons le Raminagrobis :
 » Laissez-moi vivre; une souris
 » De ma taille et de ma dépense
 » Est-elle à charge en ce logis?
 » Affamerais-je, à votre avis,
 » L'hôte, l'hôtesse et tout le monde?
 » D'un grain de blé je me nourris :
 » Une noix me rend toute ronde.
» A présent je suis maigre; attendez quelque temps :
» Réservez ce repas à messieurs vos enfans.
» Ainsi parlait au chat la souris attrapée,

» L'autre lui dit : tu t'es trompée ;
» Est-ce à moi que l'on tient de semblables discours ?
» Tu gagnerais autant de parler à des sourds :
» Chat, et vieux, pardonner ! cela n'arrive guères.
    » Selon ces lois, descends là-bas,
    » Meurs, et va-t'en tout de ce pas,
    » Haranguer les sœurs filandières :
» Mes enfans trouveront assez d'autres repas.
    » Il tint parole (1). . . . . . . »

On voit dans cette fable une suite d'idées, de jugemens, de raisonnemens vrais, justes, clairs, revêtus de termes qui ont les mêmes qualités ; sans cela, il y aurait vice dans l'ouvrage. Mais s'il n'y avait que ces qualités, il n'y aurait pas ce qu'on appelle beauté ; ce qui fait l'assaisonnement du discours. Il fallait donc que l'auteur y joignît des agrémens ; tantôt c'est le style riant : *Payer de raisons le Raminagrobis ; réservez ce repas à messieurs vos enfans.* Ce sont des circonstances piquantes : *ainsi parlait la souris attrapée ; chat, et vieux, pardonner !* tantôt des expressions naïves et familières : *descends là-bas, et va-t'en de ce pas ; haranguer*, terme de dérision ; *sœurs filandières*, expression mythologique.

(1) Lafontaine, l. 12, f. 5.

Art. II.

De la narration poétique.

La narration poétique est celle qui rapporte des choses fausses, ou des choses vraies qui sont embellies par l'invention et les agrémens de la poésie, comme dans les poèmes épiques, les tragédies, les comédies.

La narration poétique diffère de la fable.

Les faits, quoique faux, qu'elle rapporte ont pu arriver, mais non pas ceux de la fable; car les bêtes ne parlent point.

L'auteur se propose sur-tout dans la fable, l'utilité qu'on tire de la morale; et dans le récit poétique, le plaisir qu'offrent les ornemens dont il l'embellit. Ainsi une narration poétique doit être présentée avec toutes les couleurs de l'art, en observant cependant de ne lui donner que les ornemens convenables aux personnes, aux choses et à toutes les circonstances; les descriptions sur-tout et les comparaisons y figurent très-bien.

Exemple :

Mort d'Hippolyte.

A peine nous sortions des portes de Trézène,
Il était sur son char ; ses gardes affligés
Imitaient son silence, autour de lui rangés :
Il suivait tout pensif le chemin de Mycènes ;
Sa main sur ses chevaux laissait flotter les rênes :
Ses superbes coursiers, qu'on voyait autrefois
Pleins d'une ardeur si noble obéir à sa voix,
L'œil morne maintenant et la tête baissée,
Semblaient se conformer à sa triste pensée.
Un effroyable cri, sorti du fond des flots,
Des airs en ce moment a troublé le repos ;
Et du sein de la terre une voix formidable
Répond en gémissant à ce cri redoutable.
Jusqu'au fond de nos cœurs notre sang s'est glacé ;
Des coursiers attentifs le crin s'est hérissé.
Cependant, sur le dos de la plaine liquide,
S'élève à gros bouillons une montagne humide :
L'onde approche, se brise, et vomit à nos yeux,
Parmi des flots d'écume, un monstre furieux.
Son front large est armé de cornes menaçantes,
Tout son corps est couvert d'écailles jaunissantes ;
Indomptable taureau, dragon impétueux,
Sa croupe se recourbe en replis tortueux ;
Ses longs mugissemens font trembler le rivage ;
Le ciel avec horreur voit ce monstre sauvage ;
La terre s'en émeut, l'air en est infecté,
Le flot qui l'apporta recule épouvanté.

Tout fuit, et, sans s'armer d'un courage inutile,
Dans le temple voisin chacun cherche un asile.
Hippolyte lui seul, digne fils d'un héros,
Arrête ses coursiers, saisit ses javelots,
Pousse au monstre et d'un dard lancé d'une main sûre
Il lui fait dans le flanc une large blessure.
De rage et de douleur le monstre bondissant
Vient aux pieds des chevaux tomber en mugissant,
Se roule, et leur présente une gueule enflammée,
Qui les couvre de feu, de sang et de fumée.
La frayeur les emporte; et, sourds à cette fois,
Ils ne connaissent plus ni le frein ni la voix;
En efforts impuissans leur maître se consume,
Ils rougissent le mors d'une sanglante écume.
On dit qu'on a vu même, en ce désordre affreux,
Un Dieu qui d'aiguillons pressait leur flanc poudreux.
A travers les rochers la peur les précipite;
L'essieu crie et se rompt: l'intrépide Hippolyte
Voit voler en éclats tout son char fracassé,
Dans les rênes lui-même il tombe embarrassé.
Excusez ma douleur, cette image cruelle
Sera pour moi de pleurs une source éternelle:
J'ai vu, Seigneur, j'ai vu votre malheureux fils
Traîné par les chevaux que sa main a nourris.
Il veut les rappeler, et sa voix les effraie;
Ils courent: tout son corps n'est bientôt qu'une plaie;
De nos cris douloureux la plaine retentit.
Leur fougue impétueuse enfin se ralentit:
Ils s'arrêtent non loin de ces tombeaux antiques
Où des rois ses aïeux sont les froides reliques.
J'y cours en soupirant, et sa garde me suit;
De son généreux sang la trace nous conduit;

Les rochers en sont teints, les ronces dégouttantes
Portent de ses cheveux les dépouilles sanglantes.
J'arrive, je l'appelle; et, me tendant la main,
Il ouvre un œil mourant qu'il referme soudain :
« Le ciel, dit-il, m'arrache une innocente vie;
» Prends soin, après ma mort, de la triste Aricie.
» Cher ami, si mon père un jour désabusé
» Plaint le malheur d'un fils faussement accusé,
» Pour apaiser mon sang et mon ombre plaintive,
» Dis-lui qu'avec douceur il traite sa captive;
» Qu'il lui rende.......» A ce mot, ce héros expiré
N'a laissé dans mes bras qu'un corps défiguré :
Triste objet où des Dieux triomphe la colère,
Et que méconnaîtrait l'œil même de son père.

Art. III.

De la narration historique.

La narration historique est celle où l'on expose avec une scrupuleuse fidélité les événemens tels qu'ils sont arrivés; comme sont ceux de l'histoire sainte, de l'histoire ecclésiastique et de l'histoire profane, soit générale, soit particulière.

Le récit historique diffère du récit poétique. Tandis que l'historien ne rapporte que des faits, le poète raconte des fables, ou mélange avec des fables les événemens véritables qu'il rapporte. L'historien suit l'ordre des événemens dans son récit ; mais le poète commence son récit à son gré, par le milieu ou par la fin : ainsi Virgile commence l'histoire d'Enée par la septième année après la prise de Troie. Les poètes emploient les ornemens très-fréquemment et avec beaucoup de liberté, tandis que les historiens n'en usent qu'avec modération.

Un récit historique doit être ordinairement écrit d'un style simple et quelquefois un peu plus orné, suivant que le sujet le demande : on n'y emploie que les ornemens les plus ordinaires d'expression et de pensée.

Principes de narration historique.

La narration historique est le récit d'un fait avec toutes ses circonstances, telles qu'elles sont rapportées par les historiens. On ne peut rien s'y permettre contre la vérité historique. Il n'est point permis d'inventer un nouveau personnage, ni de changer l'idée qu'on a eue jusqu'à présent des hommes que nous faisons agir dans la narration. Ainsi l'on serait mal reçu de représenter Alexandre comme un lâche, Caton comme un voluptueux ; et pour passer aux his-

toriens modernes, la bravoure de Clovis doit
être farouche, celle de François I.er héroïque
et quelquefois imprudente, celle d'Henri IV
prudente et réglée. Il faut examiner la situation des personnes dont nous racontons
les actions, et faire, d'après cette connaissance, les réflexions que nous ajoutons et
les discours que nous mettons dans leur bouche. Comme il est certain que nous avons
en nous le principe de tous les sentimens,
il faut s'efforcer de réveiller en nous celui
qui domine dans le personnage que nous
faisons parler : s'il est vindicatif, par exemple,
et que les raisons de se venger soient puis-
santes, voyons par quel sentiment nous nous
excitons à la vengeance, quel est le langage
de cette passion dans notre bouche; ajou-
tons-y la grandeur des motifs; et lorsque
notre esprit en sera bien pénétré, ne craignons
point de faire parler nos personnages.

La narration doit être vive. On ne doit
point y introduire de mots inutiles, ni de
circonstances déjà renfermées dans celles dont
on a fait mention, parce que tout ce qui
n'ajoute point diminue. Si l'on fait parler

un homme faible, mou, paresseux, les termes qu'il emploiera, les tours dont il se servira, doivent respirer la mollesse; son discours doit être entrecoupé comme pour lui donner du relâche; ses interrogations peu fréquentes et toujours languissantes : de sorte que la période semble tomber sur la fin, comme on entend diminuer la voix d'un homme qui s'endort; voyez l'admirable discours de la mollesse dans le second chant du lutrin de Boileau. Si l'on fait parler, au contraire, un homme ardent et impétueux, les interrogations doivent être vives et pressantes, les tours rapides, les expressions fortes, et sur-tout vers la fin, comme est la voix qui s'élève en finissant; les raisons doivent être entassées, pour ainsi dire, les unes sur les autres, pour marquer l'impatience de celui qu'on fait parler, à exprimer ce qu'il a à dire.

Le style de la narration doit être proportionné à l'action et aux personnages. Du côté de celui qui raconte, il doit être simple, mais sans bassesse et sans répétition. Du côté des personnages qui parlent directement, il doit

être proportionné tout à la fois à leur rang,
à leur génie, à leur situation présente : ainsi
Persée, roi de Macédoine, dépouillé de son
royaume par les Romains, parle en prince
détrôné, comme il était alors, c'est-à-dire
que son discours est un mélange de grandeur,
de lâcheté et d'abaissement : la première
qualité est pour le Roi, la seconde pour la
faiblesse de son caractère, et la troisième
pour sa situation déplorable.

EXEMPLE :

Le soldat magnanime.

« Lorsque le grand Condé commandait
en Flandre l'armée espagnole, et faisait le
siége d'une de nos places, un soldat ayant
été maltraité par un officier général, et ayant
reçu plusieurs coups de canne pour quelques
paroles peu respectueuses qui lui étaient
échappées, répondit avec un grand sang-
froid qu'il saurait bien l'en faire repentir.
Quinze jours après, ce même officier général
chargea le colonel de tranchée de lui trouver
dans son régiment un homme ferme et intré-

pide pour un coup de main dont il avait
besoin, avec promesse de cent pistoles de
récompense. Le soldat en question, qui passait pour le plus brave du régiment, se présenta; et ayant mené avec lui trente de ses
camarades, dont on lui avait laissé le choix,
il s'acquitta de sa commission (1), qui était
des plus hasardeuses, avec un courage et un
bonheur incroyables. A son retour, l'officier
général, après l'avoir beaucoup loué, lui fit
compter les cent pistoles qu'il lui avait pro-
mises. Le soldat sur-le-champ les distribua à
ses camarades, disant qu'il ne servait pas
pour de l'argent, et il demanda seulement que
si l'action qu'il venait de faire paraissait mé-
riter quelque récompense, on le fît officier.
« Au reste, ajouta-t-il, en s'adressant à l'of-
» ficier général, qui ne le reconnaissait point,
» je suis ce soldat que vous maltraitâtes si
» fort il y a quinze jours; je vous avais bien

---

(1) Il s'agissait de s'assurer, avant de faire le logement,
si les ennemis faisaient des mines sous le glacis. Le soldat
s'étant jeté à l'entrée de la nuit dans le chemin couvert,
s'acquitta si bien de sa commission, qu'il rapporta le chapeau et l'outil d'un mineur qu'il avait tué dans la mine.

» dit que je vous en ferais repentir ». L'officier général, plein d'admiration et attendri
jusqu'aux larmes, l'embrassa, lui fit des excuses, et le nomma officier le même jour.
Le grand Condé prenait plaisir à rapporter
ce fait, comme la plus belle action de soldat
dont il eût jamais ouï parler.

Art. IV.

De la narration oratoire.

La narration oratoire est l'exposition d'un
fait propre à persuader. Il y a deux différences
principales entre le récit oratoire et le récit
historique : la première, c'est que l'historien
ne cherche que la vérité, en rapportant les
événemens absolument comme ils se sont
passés ; mais l'orateur, outre la vérité,
propose aussi l'avantage et l'utilité de sa
cause, en détaillant les circonstances qui peuvent lui être avantageuses, et en adoucissant
celles qui pourraient lui nuire. Ainsi Cicéron,
au lieu de dire, comme ferait un historien,
de la mort de Clodius : *Clodius fut tué par
les esclaves de Milon ;* adoucit cette circons-

tance en disant : *Les gens de Milon firent en
cette occasion ce que tout maître aurait voulu
que ses esclaves fissent en pareille circonstance.* La seconde c'est que l'historien rejette
les figures trop vives, telles que l'apostrophe,
l'exclamation, etc.; l'orateur, au contraire, les
emploie lorsque l'importance du sujet le demande.

Le style de la narration oratoire dans les
plaidoyers doit être simple et sans aucun art
en apparence, comme en a donné l'exemple
l'orateur romain dans ses discours pour
Milon et pour Ligarius. Les Panégyriques
admettent tous les ornemens du style; telles
sont les oraisons funèbres de Bossuet et de
Fléchier. Du reste, le style doit être varié
selon les sujets et les circonstances. *Celui-là
seul sera vraiment éloquent,* dit Cicéron,
*qui saura écrire d'un style simple les petits
sujets, les médiocres d'un style tempéré, et les
grands d'un style plus relevé.*

EXEMPLE :

M. Fléchier raconte la mort de M. de
Turenne, qui, sur le point d'attaquer les
ennemis

ennemis avec avantage, fut tué d'un boulet de canon.

» Déjà frémissait dans son camp l'ennemi confus et déconcerté; déjà prenait l'essor, pour se sauver dans les montagnes, cet aigle dont le vol hardi avait d'abord effrayé nos provinces. Ces foudres de bronze que l'enfer a inventés pour la destruction des hommes, tonnaient de tous côtés pour favoriser et pour précipiter cette retraite; et la France en suspens attendait le succès d'une entreprise qui, selon toutes les règles de la guerre, était infaillible.

» Hélas! nous savions tout ce que nous pouvions espérer, et nous ne pensions pas à ce que nous devions craindre. La providence divine nous cachait un malheur plus grand que la perte d'une bataille. Il en devait coûter une vie que chacun de nous eût voulu racheter de la sienne propre; et tout ce que nous pouvions gagner ne valait pas ce que nous allions perdre. O Dieu terrible, mais juste en vos conseils sur les enfans des hommes! vous disposez et des vainqueurs et des victoires. Pour accomplir vos volontés et faire

F

craindre vos jugemens, votre puissance ren-
verse ceux que votre puissance avait élevés.
Vous immolez à votre souveraine grandeur
de grandes victimes, et vous frappez quand
il vous plaît ces têtes illustres que vous avez
tant de fois couronnées.

» N'attendez pas, Messieurs, que j'ouvre
ici une scène tragique, que je représente ce
grand homme étendu sur ses propres trophées,
que je découvre ce corps pâle et sanglant,
auprès duquel fume encore la foudre qui l'a
frappé; que je fasse crier son sang comme
celui d'Abel, et que j'expose à vos yeux les
tristes images de la religion et de la patrie
éplorée. Dans les pertes médiocres, on surprend ainsi la pitié des auditeurs; et par des
mouvemens étudiés, on tire au moins de
leurs yeux quelques larmes vaines et forcées.
Mais on décrit sans art une mort qu'on
pleure sans feinte. Chacun trouve en soi la
source de sa douleur, et rouvre lui-même
sa plaie; et le cœur, pour être touché, n'a
pas besoin que l'imagination soit émue.

» Peu s'en faut que je n'interrompe ici
mon discours. Je me trouble, Messieurs:

*T*urenne meurt , tout se confond , la fortune
chancelle , la victoire se lasse , la paix s'éloigne , les bonnes intentions des alliés se ralen-
tissent, le courage des troupes est abattu par
la douleur et ranimé par la vengeance ; tout
le camp demeure immobile. Les blessés pen-
sent à la perte qu'ils ont faite, et non aux
blessures qu'ils ont reçues. Les pères mourans
envoient leurs fils pleurer sur leur général
mort. L'armée en deuil est occupée à lui
rendre les devoirs funèbres ; et la renommée ,
qui se plaît à répandre dans l'univers les ac-
cidens extraordinaires, va remplir toute l'Europe du récit glorieux de la vie de ce prince ,
et du triste regret de sa mort.

» Que de soupirs alors, que de plaintes ,
que de louanges retentissent dans les villes ,
dans la campagne ! L'un voyant croître ses
moissons, bénit la mémoire de celui à qui
il doit l'espérance de sa récolte ; l'autre qui
jouit encore en repos de l'héritage qu'il a
reçu de ses pères, souhaite une éternelle paix
à celui qui l'a sauvé des désordres et des
cruautés de la guerre. Ici l'on offre le sacri-
fice adorable de Jésus-Christ pour l'ame de

celui qui a sacrifié sa vie et son sang pour le
bien public ; là on lui dresse une pompe fu-
nèbre, où l'on s'attendait de lui dresser un
triomphe. Chacun choisit l'endroit qui lui
paraît le plus éclatant dans une si belle vie.
Tous entreprennent son éloge ; et chacun
s'interrompant lui-même par ses soupirs et
par ses larmes, admire le passé, regrette le
présent, et tremble pour l'avenir. Ainsi tout
le royaume pleure la mort de son défenseur,
et la perte d'un homme seul est une calamité
publique ».

DEUXIÈME PARTIE.

Du genre épistolaire.

~~~~~~

CHAPITRE PREMIER.

Des lettres en général.

Style des lettres.

UNE lettre n'est autre chose qu'une conversation par écrit entre des absens.

1.º Le style des lettres doit ressembler à celui d'un entretien, tel qu'on l'aurait avec la personne même, si elle était présente.

Remarquons qu'il y a deux sortes de lettres, les unes *familières* (ce que nous disons ici du style des lettres regarde cette première espèce); les autres *philosophiques*, où l'on traite d'une manière libre quelque objet littéraire, ou quelqu'autre sujet sérieux. Dans ce dernier genre de lettres, qui est proprement une dissertation ou un discours adressé

F 3

à un ami, on s'élève quelquefois avec la matière, selon les circonstances.

Quand on dit qu'il faut écrire comme on parle, c'est à condition que l'on parlera bien; peut-être même est-on obligé d'écrire mieux qu'on ne parle, même quand on parle bien: on a le temps d'arranger un peu mieux ses idées.

Observons que le style simple et le style familier ne sont pas la même chose. On écrit d'un style simple aux personnes élevées au-dessus de soi, mais non pas d'un style familier. Tout ce qui est familier est simple, mais tout ce qui est simple n'est pas familier. La familiarité suppose une certaine liaison d'amitié, un commerce libre et fréquent entre les personnes, une espèce d'égalité en vertu de laquelle on ne se gêne pas dans ses discours, parce qu'on est sûr que tout ce qu'on dit sera bien reçu, ou que l'on fera grâce à ce qui pourrait y être défectueux. Quant au style simple, ce qui le caractérise, c'est un choix de termes propres et sans apprêt, une manière de s'exprimer nette et coulante, une élégance modeste.

Le style des lettres doit de plus être aisé.
Cette aisance consiste dans un air de liberté ,
dans une marche dégagée qui exclut la timidité , l'embarras et la gêne, et sur-tout dans
un ton enjoué, qui est l'effet d'une certaine
adresse à présenter les objets par leur côté
le plus gracieux. Il faut aussi que les périodes
soient courtes dans le style épistolaire , parce
que, dans la conversation, on n'emploie
qu'un style coupé : les pensées y doivent être
plus liées par elles-mêmes que par le secours
des conjonctions.

2.º Le style , dans les lettres , doit convenir aux choses qu'on y traite, aux personnes
qui écrivent et à celles à qui l'on écrit.

Bien sentir qui l'on est et à qui l'on parle
est la première qualité pour bien parler, et
par conséquent pour bien écrire. C'est ce sentiment qui règle ce que l'on doit dire, et la
manière dont on doit le dire ; c'est lui qui
dicte les choses, les tours et les expressions.
Ainsi, avant tout, il faut se mettre en présence de la personne à qui l'on écrit. On a
avec les autres des rapports de toute espèce ;
manquez un de ces rapports , vous êtes un sot,

un fat. Un supérieur fait trop sentir ce qu'il
est , sa lettre lui vaut un ennemi ; un inférieur
s'abaisse trop , on l'écrase ; un égal prend des
airs , on l'humilie. Demandez-vous avec hardiesse, voilà un homme qui a trop de confiance ; avec timidité , il se défie de lui-même ;
peut-être est-ce orgueil. Ceux qui ont l'esprit juste saisissent le point unique, et tâ-
chent de s'y tenir. Le respect, le devoir , la
supériorité et même l'amitié ont donc chacun un langage particulier que nous dictent la
bonne éducation, le sentiment et un esprit
juste. Un ami doit se livrer au sentiment, et
laisser courir sa plume ; c'est au cœur seul
à dicter les lettres d'amitié. Il y a des lettres
de pur raisonnement, d'autres de sentiment,
d'autres de simple agrément : les premières
exigent un style simple, les secondes un style
pathétique, les dernières un style plus fleuri ,
mais toutes demandent du naturel.

Quand il ne s'agit que de louer, d'applau-
dir, de féliciter, de rendre de très-humbles
actions de grâces, on peut laisser courir la
plume : on ne risque guères de blesser ceux
à qui l'on parle. Les délicats , il est vrai,

souhaitent que le tour soit fin, l'impression
légère, faite comme en passant à un autre
objet, et de manière qu'on puisse voir ou ne
pas voir la louange, la refuser ou l'accepter,
y répondre ou la passer sous silence. Mais
quand même cette finesse ne s'y trouverait
pas, on pardonne aisément en faveur de la
bonne intention.

Il faut être sur-tout d'une extrême réserve
sur l'article de la plaisanterie, parce qu'elle
n'est bonne que quand elle est bien placée, -
et qu'il est difficile dans les lettres de frap-
per juste. Souvent un mot qui aurait besoin
d'être accueilli avec gaîté, arrive dans un
moment noir, et se trouve au milieu des
chagrins. Il en est de même de la tristesse.
Le plus sûr, quant à la plaisanterie, à moins
qu'on ne soit dans la plus grande intimité,
est de s'en tenir au bon sens; il est de tous
les momens et de tous les lieux.

Quant aux bons mots, il est encore plus
dangereux de les laisser aller, parce que le
plus souvent ils ont une teinture de malignité.
A la bonne heure qu'on raconte les bons mots
des autres, qu'on tire parti de quelque aven-

ture pour en égayer une lettre; mais que ce
soit toujours de manière à rejeter hors de soi
tout soupçon de méchanceté.

Ornemens dans les lettres.

LES lettres, comme tout autre discours,
ont des ornemens qui leur sont propres.

Ce qui ne doit être orné que jusqu'à un cer-
tain point est ce qui coûte le plus à embellir,
dit Fontenelle. Une lettre est précisément
dans ce cas. Trop peu d'ornemens donnent
un certain air de négligence qui dessèche le
sentiment; trop de parure le fait disparaître.
Tout ce qu'on peut dire, en général, c'est que
rien ne relève plus ce genre d'ouvrage, que
ces jolies bagatelles, ces saillies ingénieuses
qu'on accueille avec transport dans un entretien familier. C'est tantôt une comparaison
pleine de finesse, tantôt une allusion heureuse; là quelques épithètes rassemblées avec
grâce, ici une citation placée à propos;
d'autres fois c'est un contraste frappant et nouveau, une suspension badine; quelquefois
même une pointe, un jeu de mots, pourvu

qu'il n'ait pas cet air de prétention à l'esprit qui ne peut manquer de déplaire. Donnons quelques exemples :

1.º Une comparaison fait toujours plaisir ; mais il faut qu'elle ne soit point trop tirée ; et que l'on puisse facilement saisir entre deux objets différens le rapport qui en fait tout le mérite. Mme de Sévigné , en parlant d'une réconciliation qu'elle a ménagée, dit joliment qu'elle a *fermé le temple de Janus.*

« Vous avez bien de la bonté de m'appren-
» dre que j'ai écrit une pièce d'éloquence;
» en vérité, je n'en savais rien : voici juste-
» ment la fable du lièvre qui fit peur aux
» grenouilles ». *L'abbé de Chaulieu.*

2.º Une petite anecdote rapportée à pro-pos fait souvent un effet merveilleux.

« On contait hier au soir à table, qu'Arle-
» quin , l'autre jour à Paris, portait une
» grosse pierre sous son manteau; on lui
» demanda ce qu'il voulait faire de cette
» pierre; il dit que c'était un échantillon
» d'une maison qu'il voulait vendre. Cela
» me fit rire. Si vous croyez, ma fille, que
» cette invention soit bonne pour vendre

» votre terre , vous pourrez vous en servir ».
*M.*me *de Sévigné.*

3.º C'est le propre des épithètes mal choisies de faire languir le discours ; mais , sous
la plume d'un homme qui s'en sert à propos,
elles donnent au style une vivacité surpre-
nante.

« Je n'ai rien vu de si bon, de si beau,
» de si aimable, de si net, de si bien arrangé,
» de si éloquent, de si régulier, en un mot,
» de si merveilleux que votre lettre ». *M.*me *de*
Maintenon.

4.º Les citations fatiguent si elles sont
trop fréquentes. On aime mieux M.me de
Sévigné, qui écrit à sa fille, *je vous dirais*
un beau vers du Tasse, si je m'en souvenais,
qu'un pédant qui nous accable de grec et
de latin ; du moins faut-il avoir soin d'ajouter un correctif, si l'on vient à citer trop souvent. M. de Voltaire finit ainsi une de ses
lettres à M. Brossette : *Voilà bien du latin*
que je vous cite ; mais c'est avec des dévots
comme vous que j'aime à réciter mon bréviaire.
Il est inutile d'observer que la langue dont
vous empruntez les expressions doit être

connue de ceux à qui vous écrivez : tout le monde sent bien qu'on ne parle que pour être entendu.

5.° Le contraste relève bien le style ; mais il ne doit pas porter l'empreinte de l'art, et par conséquent on ne doit l'employer qu'avec réserve.

« On m'a donné un grand plaisir en m'ap- » portant votre *jolie* épître, et voici ma *triste* » réponse ». *Voltaire.* « Pendant que j'étais » malade, Votre Majesté a fait plus de belles » actions, que je n'ai eu d'accès de fièvre ». *Idem.*

6.° On s'aperçoit tous les jours, dans la conversation, du bon effet des suspensions. La grande éloquence se sert beaucoup de cette figure. Ce n'est que sous le masque du badinage qu'elle a droit de paraître dans une lettre.

« Il y a aujourd'hui bien des années, ma » fille, qu'il vint au monde une créature » destinée à vous aimer : je prie votre ima- » gination de n'aller ni à droite ni à gauche ; » *cet homme-là, Sire, c'était moi-même* » (*Marot*) ». Mme de Sévigné.

7.º A l'égard des pointes et des jeux de mots, on ne doit se les permettre que dans les lettres familières, et encore n'en user que rarement.

« Il faut aller en Espagne, pour n'avoir » plus envie d'y bâtir des châteaux ». *Voltaire.*

Saint-Amand disait à un de ses amis qui avait la barbe blanche et les cheveux noirs : *Apparemment, Monsieur, que vous avez plus travaillé de la mâchoire que du cerveau.*

Au reste, il faut bien distinguer les bons mots des jeux de mots. Ceux-là sont autant d'épigrammes ; leur mérite consiste dans la finesse avec laquelle ils rendent la chose. Ceux-ci ne sont bien souvent qu'un rapport bizarre d'idées et de sons. On répète volontiers les premiers ; souvent on a honte d'avoir ri des autres. C'était un jeu de mots que faisaient les courtisans, quand ils disaient que Mme de Maintenon était Mme de *Maintenant.* Au contraire, c'est un bon mot que celui de Molière, qui ayant reçu défense de la part d'un magistrat de faire jouer le *Tartufe,* dit à l'assemblée : « Messieurs,

» nous comptions vous donner aujourd'hui
» une représentation *du Tartufe*, mais M. le
» premier Président ne veut pas qu'on *le*
» *joue* ».

Défauts à éviter dans les lettres.

Il faut sur-tout éviter la prolixité qui avoi-
sine le dégoût. Une lettre diffuse provient
ou de la négligence, ou d'une trop grande
précipitation. De là, Pascal s'excusant, auprès
d'un ami, de la longueur de sa lettre, lui disait avec avec autant d'agrément que de vérité :
Je n'ai fait celle-ci trop longue, que parce
que je n'ai pas eu le loisir de la faire plus
courte; et Pluche : *Mille pardons, Monsieur;*
si j'avais eu plus de temps pour travailler
ceci, je ne vous en aurais point tant fait per-
dre. Il y a des gens qui sont pleins de détails
inutiles; ils écrivent comme pour eux, sans
presque songer à ceux auxquels ils écrivent :
c'est une distraction presque continuelle; ils
marchent toujours, et n'arrivent jamais. C'est
le défaut des jeunes gens sur-tout, qui détail-
lent tout indifféremment.

Deux autres excès sont à éviter dans le

style épistolaire. Le premier est le trop d'art, c'est-à-dire, les pensées recherchées, les expressions singulières, les figures éclatantes, les périodes nombreuses, les tours alambiqués, le style guindé: toutes choses qui ne sauraient s'allier avec une noble simplicité, une molle aisance, caractère incontestable du style épistolaire, puisque c'est celui de la nature et du sentiment. Mme de Maintenon, répondant à la lettre d'un jeune homme pour qui elle s'intéressait, lui dit: « Je crois » votre lettre très-exacte et dans toutes les » règles de l'art de bien dire; mais elle ne » me paraît point conforme à celles du bon » goût: je l'aurais voulue plus simple. Votre » bon cœur est pressé de reconnaissance et » d'amitié pour moi: je vous permets de le » dire; car je suis fort touchée de ces senti- » mens, et ce sont des vertus; mais il fallait » le dire sans chercher des termes et des ex- » pressions plus propres à une déclamation » qu'à une lettre ». Les lettres des savans sentent quelquefois l'étude et l'érudition; tout y est exact et régulier; mais cette exactitude est souvent accompagnée de roideur et de sécheresse.

Le second excès est le trop de négligence. Dans une lettre, on doit dire les choses comme elles se présentent à l'esprit, sans se permettre jamais des mots impropres, des phrases triviales, des proverbes populaires, des tours proscrits depuis long-temps; telles sont ces expressions: *Je vous écris ces deux lignes; je prends la plume pour, etc.*, ou *je prends la liberté de vous écrire pour m'informer de l'état de votre santé : j'ai reçu la chère vôtre, etc.*, qui ne sont pas d'un style simple, mais d'un style bas; le ton de la bonne compagnie ne les souffre point. Il faut éviter surtout les fautes contre la langue : elles décèlent une profonde ignorance des principes, et par là même une éducation négligée, qui ne peut donner qu'une idée peu favorable de celui qui écrit.

Nous finirons les principes généraux sur les lettres par deux avis importans. Chacun connaissant ses forces, et sentant ses besoins, ceux qui ne peuvent écrire d'un trait font sagement de jeter d'abord leurs idées sur le papier : il est même à propos que les jeunes gens qui commencent corrigent leurs lettres, jusqu'à ce qu'ils aient pris l'habitude d'être

exacts. On pardonne à leur âge de laisser
paraître de l'art et de la timidité dans leur
style, défaut toujours préférable aux lon-
gueurs, aux redites, aux obscurités, aux
vices de construction et de grammaire. Qu'ils
se rappellent qu'un seul mot suffit souvent pour
donner une mauvaise opinion de leur esprit,
de leurs sentimens, de leur éducation. C'est
par la lecture des bons modèles et à l'école
de la bonne société qu'ils apprendront à
écrire, et non pas seulement par des principes qui ne sauraient donner ni l'organe ni
l'exemple du sentiment. Les lettres de Cicéron
et celles de M.me de Sévigné sont, dans leur
genre, d'excellens modèles, et leur lecture
peut beaucoup aider à se faire un bon style.
Celles de Pline paraissent moins belles aux
bons connaisseurs, parce qu'elles le sont trop :
on sent que l'auteur court après l'esprit, et
cherche trop à plaire.

Il est bon d'avertir ici qu'il ne faut pas
s'attacher trop servilement à aucun modèle :
chacun a ses grâces propres et naturelles,
qui valent toujours mieux que celles qu'il
pourrait emprunter d'ailleurs.

CHAPITRE II.

Diverses espèces de lettres.

Nous parlerons de treize espèces de lettres familières; savoir : des lettres proprement familières et badines, sérieuses et morales; des lettres de conseils, de demandes, de remercîmens, de félicitation, de condoléance, de reproches, d'excuses, d'affaires, de recommandation, de nouvelles et de bonne année; ensuite nous dirons deux mots sur les lettres de réponses.

Lettres familières et badines.

Ayez, dit Voltaire, autant d'esprit que vous voudrez ou que vous pourrez dans une lettre où vous vous égayez pour égayer vos amis, de manière pourtant que le naturel n'en souffre pas. C'est dans une lettre familière que la plaisanterie et l'enjouement sont à leur véritable place; c'est là que l'unique règle est de n'en consulter aucune.

On distingue deux sortes de plaisanteries:

la première est ce qu'on appelle bon mot,
qui consiste en un trait vif, court et plein de
sel ; la seconde n'est pas un trait qui parte
comme un éclair, mais un enjouement soutenu, continué dans la suite du discours.
L'enjouement peut se répandre sur tout
sortes d'objets, quelque tristes, quelque sérieux qu'ils puissent être : il y a toujours une
manière de les présenter avec grâce. Mme de
Sévigné était désolée, comme le reste de
la France, de la mort de M. de Turenne ; elle
dit plaisamment que *le canon qui le tua était
chargé de toute éternité*. Cependant rappelez-
vous ce que nous avons dit plus haut sur la
plaisanterie et sur les bons mots.

EXEMPLE Ier

Mme de Sévigné raconte la mort de
M. de Turenne dans une lettre au comte de
Grignan, son gendre : « C'est à vous que je
m'adresse, mon cher Comte, pour écrire une
des plus funestes pertes qui pût arriver à la
France : c'est celle de M. de Turenne. Si
c'est moi qui vous l'apprends, je suis assurée

que vous serez aussi touché, aussi désolé
que nous le sommes ici. Cette nouvelle arriva
lundi à Versailles. Le roi en a été affligé,
comme on le doit être de la perte du plus,
grand capitaine et du plus honnête homme
du monde. Toute la Cour fut en alarmes,
et M. de Condom pensa s'évanouir. On était
près d'aller se divertir à Fontainebleau; tout
a été rompu. Jamais homme n'a été plus sincèrement regretté. Tout Paris et tout le peuple étaient dans le trouble et dans l'émotion ;
chacun en parlait, et s'attroupait pour re-
gretter ce héros. Je vous envoie une bonne
relation de ce qu'il a fait le dernier jour de
sa vie. C'est après trois mois d'une conduite
miraculeuse, et que les gens du métier ne
se lassent point d'admirer, qu'arriva le dernier jour de sa vie et de sa gloire ».

Voilà un morceau bien écrit dans le style
le plus simple ; qu'on le compare avec le
morceau de M. Fléchier (pag. 120), on
sentira avec quelle supériorité de génie une
main habile sait donner à son sujet le style
qui lui convient, suivant les différens genres.

Exemple II.

Le morceau suivant, qui est dans le genre enjoué, est aussi de Mme de Sévigné.

« Devinez ce que c'est, ma fille, que la chose du monde qui vient le plus vite, et qui s'en va le plus lentement; qui vous fait approcher le plus près de la convalescence, et qui vous en retire le plus loin; qui vous fait toucher l'état du monde le plus agréable, et qui vous empêche d'en jouir; qui vous donne les plus belles espérances du monde, et qui en éloigne le plus l'effet. Sauriez-vous le deviner....? C'est un rhumatisme. Il y a quinze jours que j'en suis malade; depuis le 14.e, je suis sans fièvre et sans douleur; et dans cet état bien-heureux, croyant être en état de marcher, qui est tout ce que je souhaite, je me trouve enflée de tous côtés, les pieds, les jambes, les mains, les bras; et cette enflure, qui s'appelle ma guérison, et qui l'est effectivement, fait tout le sujet de mon impatience, et le serait de mon mérite, si j'étais bonne. Avant de fermer ce paquet, je demanderai à ma grosse main si elle veut que je vous écrive

deux mots...... Adieu ma très-aimable : je
vous conjure tous de respecter avec tremble-
ment ce qu'on appelle *rhumatisme* ».

Lettres sérieuses et morales.

Les lettres sérieuses et morales doivent être
écrites simplement ; et pour y faire goûter les
réflexions, il faut qu'elles soient exprimées
de ce ton qui les a fait recevoir dans la conversation. Il est à propos de bien connaître
les personnes à qui on les adresse, et de prévoir les circonstances où elles seront reçues ;
autrement, selon Plutarque, *vous tiendrez
sans propos beaucoup de bons propos.*

EXEMPLE.

Le pape Ganganelli au comte Algaroti.

« Mon cher Comte, arrangez-vous, malgré votre philosophie, de manière que je vous
voie dans le ciel ; car je serais bien fâché de
vous perdre de vue pendant une éternité.
Vous êtes un de ces hommes rares pour l'es-

prit et pour le cœur, qu'on veut aimer au-delà
même du tombeau, quand on a l'avantage
de vous connaître; et personne n'a plus de
raisons que vous pour se convaincre de la
spiritualité de l'ame et de son immortalité.
Les années coulent pour les philosophes
comme pour les ignorans, et ce qui doit en
être le terme ne peut qu'occuper un homme
qui pense. Avouez que je sais accommoder les
sermons de manière à ne pas effaroucher un
bel esprit, et que si l'on prêchait aussi briè-
vement, aussi amicalement, vous entendriez
parfois les prédicateurs. Mais il ne suffit pas
d'écouter, il faut que cela passe dans le cœur
et y germe, et que le tout aimable Algaroti
devienne aussi bon chrétien qu'il est bon
philosophe; alors je me dirai doublement son
serviteur et son ami ».

Lettre de conseil.

Un père doit des conseils à ses enfans; un
maître à ses disciples; un ami en doit à son
ami : hors de là, n'en donnez jamais qu'on
ne vous les ait demandés. Un gueux des envi-
rons

rons de Madrid demandait noblement l'au-
mône. Un passant lui dit : « N'êtes-vous pas
» honteux de faire ce métier infâme, quand
» vous pouvez travailler » ? — «Monsieur, ré-
» pondit le mendiant, je vous demande de
» l'argent, et non pas des conseils ». Puis il lui
tourna le dos, en conservant toute la dignité
castillanne. Voulez-vous que vos conseils
soient écoutés, donnez-les sans prétention,
sans affecter aucun air de supériorité. Voulez-
vous qu'on les aime, favorisez un peu l'amour
propre, en paraissant persuadé qu'on fait
déjà ce que vous voulez insinuer. Il ne faut
point déguiser la vérité ; mais l'art de la dire
demande beaucoup de prudence et de dis-
crétion.

Exemple.

M. Racine à son fils.

« C'est tout de bon que nous partons pour
notre voyage de Picardie. Comme je serai
quinze jours sans vous voir, et que vous êtes
continuellement présent à mon esprit, je ne
puis m'empêcher de vous répéter encore deux

G

ou trois choses que je crois très-importantes pour votre conduite : la première, c'est d'être extrêmement circonspect dans vos paroles, et d'éviter la réputation d'être un parleur, qui est la plus mauvaise réputation qu'un jeune homme puisse avoir dans le pays où vous entrez ; la seconde est d'avoir une extrême docilité pour les avis de M. et Mad..... qui vous aiment comme leur enfant.

N'oubliez pas vos études, et cultivez continuellement votre mémoire, qui a grand besoin d'être exercée. Je vous demanderai compte, à mon retour, de vos lectures, et sur-tout de l'histoire de France, dont je vous demanderai à voir vos extraits.

Vous savez ce que je vous ai dit des opéra et des comédies : on en doit jouer à Marly. Il est très-important pour vous et pour moi-même qu'on ne vous y voie point, d'autant plus que vous êtes présentement à Versailles pour y faire vos exercices et non point pour assister à toutes ces sortes de divertissemens. Le roi et toute la cour savent le scrupule que je me fais d'y aller ; ils auraient très-méchante opinion de vous, si, à l'âge où vous êtes, vous

aviez si peu d'égards pour moi et pour mes
sentimens. Je devais, avant toutes choses, vous
recommander de songer toujours à votre salut,
et de ne point perdre l'amour que je vous ai
vu pour la religion. Le plus grand déplaisir
qui puisse m'arriver au monde, c'est s'il me
revenait que vous êtes un indévot, et que
Dieu vous est devenu indifférent. Je vous
prie de recevoir cet avis avec la même amitié
que je vous le donne. Adieu, mon cher fils :
donnez-moi souvent de vos nouvelles. »

Lettres de demande.

HOMÈRE peint les prières boiteuses, ridées,
marchant toujours les yeux baissés ; toujours
rampantes et toujours humiliées. Le ton d'une
lettre de demande doit être simple et modeste,
à proportion de l'élévation de ceux à qui l'on
s'adresse, et de la qualité de celui qui prie :
demander avec hauteur, c'est demander un
refus. De plus, il y faut peu parler de soi-
même. Le secret d'obtenir ce qu'on demande
consiste à intéresser les personnes que l'on

G 2

implore, à les louer avec finesse; on est sûr
d'obtenir ce qu'on demande, quand on parlera à leurs passions.

EXEMPLE.

*Le comte de Bussy à madame la prési-
dente d'Osembray, pour lui recommander
un procès.*

« EST-IL possible, Madame, que faite
comme vous êtes, et de l'humeur dont je
suis, je ne vous écrive jamais que de procès ?
Apparemment cela ne devait pas être ainsi ;
mais ma mauvaise destinée m'a fait faire tous
les jours des personnages pour lesquels je
n'étais pas né. Il faut donc que j'achève
comme j'ai commencé ; et pour cet effet,
Madame, je vous supplie de recommander à
M. votre mari une affaire que j'ai dans sa
chambre. Je me suis jusqu'ici si bien trouvé
de vos recommandations, que je ne prendrai
jamais d'autre voie, d'autant plus que cela
me donne lieu de vous dire toujours que vous
êtes la personne du monde que j'estime et
que j'aime autant, et que j'aimerais encore

davantage, si je me sentais digne d'être aimé ».

Lettres de remercîment.

Un remercîment est un devoir pour qui compte encore la reconnaissance au nombre des vertus. C'est au cœur à dicter ces sortes de lettres, puisque la reconnaissance est un sentiment. Le service reçu, les circonstances qui l'ont accompagné, la générosité de celui qui oblige, la sensibilité de celui qui reçoit : voilà à peu près quels sont les articles sur lesquels on peut s'étendre; sur-tout qu'on se garde bien de promettre d'user de retour; ce serait déprimer le bienfait reçu pour flater sa vanité. M. de Vaugelas travaillait au dictionnaire de l'Académie, lorsque le cardinal de Richelieu lui donna une pension. Il vint pour l'en remercier. *Au moins*, dit le cardinal en l'apercevant, *vous n'oublierez pas le mot de pension dans votre dictionnaire;* non, *Monseigneur,* reprit sur-le-champ l'académicien, *et encore moins celui de réconnaissance.*

G 3

EXEMPLE.

Racine au prince de Condé.

« MONSEIGNEUR, c'est avec une extrême reconnaissance que j'ai reçu encore, au commencement de cette année, la grâce que Votre Altesse Sérénissime m'accorde si libéralement tous les ans. Cette grâce m'est d'autant plus chère, que je la regarde comme une suite de la protection glorieuse dont vous m'avez honoré en tant de rencontres, et qui a toujours fait ma plus grande ambition. Aussi, en conservant précieusement les quittances du droit annuel dont vous avez bien voulu me gratifier, j'ai bien moins en vue d'assurer ma charge (1) à mes enfans, que de leur procurer un des plus beaux titres que je puisse leur laisser, je veux dire les marques de la protection de V. A. S. Je n'ose en dire davantage; car j'ai éprouvé plus d'une fois que les remercîmens vous fatiguent presque autant que les louanges. Je suis avec un profond respect ».

(1) C'était celle de trésorier de France à Moulins, qui dépendait du casuel du prince de Condé.

Lettres de félicitation.

Avez-vous à féliciter un ami, *sentez vivement*, dit M. d'Alembert, *et dites tout ce que vous voudrez;* mais si c'est un protecteur, il faut jouer le sentiment le mieux que l'on peut en se jetant sur le mérite de la personne à qui l'on écrit, la justice qu'on lui a rendue, les espérances dont on la flatte pour l'avenir, l'intérêt que l'on prend à tout ce qui la regarde. Un peu d'enjouement doit assaisonner ces sortes de lettres, dont l'ennui est presque toujours inséparable: *D'un compliment naquit un jour l'ennui*, dit un de nos poètes.

Exemple.

Monseigneur le duc de Montausier (1) à monseigneur le Dauphin, sur la prise de Philisbourg.

« Monseigneur, je ne vous fais pas compliment sur la prise de Philisbourg: vous

---

(1) Il avait été son gouverneur. En cessant cette fontion, il lui dit : *Monseigneur, si vous êtes honnête homme, vous m'aimerez; si vous ne l'êtes pas, vous me haïrez, et je m'en consolerai.*

G 4

aviez une bonne armée, une excellente artil-
lerie et Vauban. Je ne vous en fais pas non
plus sur les preuves que vous avez données
de bravoure et d'intrépidité : ce sont des vertus héréditaires dans votre maison. Mais je
me réjouis avec vous de ce que vous êtes li-
béral, généreux et humain, faisant valoir les
services d'autrui, et oubliant les vôtres : c'est
sur quoi je vous fais mon compliment ».

Lettres de condoléance.

Dans ces lettres il faut témoigner simplement la part que l'on prend à la perte qui y
donne occasion. Si celui à qui vous écrivez
pleure une personne qui lui était chère, en-
tretenez-le sur ce sujet ; louez la personne
qui fait couler ses larmes, sans craindre de
réveiller ou d'aigrir ses maux. La tristesse
aime à se nourrir de sa douleur. Les réflexions
de piété n'y sont pas déplacées, pourvu
qu'elles soient courtes.

Exemple.

Lettre de M. Fléchier à M. l'abbé Bossuet, sur la mort de l'évêque de Meaux, son oncle.

« J'ai été sensiblement touché, Monsieur, de la mort de M. l'évêque de Meaux : cette perte et votre douleur sont communes à tous ceux qui aiment l'Eglise, dont il a été le zélé défenseur. Une grande lumière est éteinte dans Israël. La religion avait encore besoin de son secours ; mais ayant consumé sa vie pour elle, il était temps qu'il reçût la récompense de ses travaux. Ses mœurs étaient aussi pures que sa doctrine. Un air de candeur et de vérité accompagnait ses actions et ses paroles. Son caractère était si honnête et sa conversation si instructive, que je regretterai toute ma vie le temps que j'ai passé loin de lui. Sa mémoire me sera toujours précieuse ».

Lettres de reproches.

Voulez-vous faire des reproches à quelqu'un, faites-les avec cet esprit d'indulgence, de complaisance, d'égard, qui devrait

G 5

nous animer tous. Que l'enjouement adou-
cisse vos plaintes ; prévenez vous-même ses
excuses ; insinuez-lui le moyen de se justifier ; blâmez le procédé, et ménagez l'intention. Il est aisé de conclure qu'une lettre de
reproches ne saurait être écrite avec trop de
prudence.

EXEMPLE.

Le pape Ganganelli au comte ***

« EST-IL possible, Monsieur, que non-seulement vous n'ayez pas paru chez moi, comme
je vous en avais supplié, mais que vous vous
soyez même fait céler, lorsque je me suis
transporté pour vous voir. Eh ! que dirait
votre père, à qui vous promîtes, au moment
même de sa mort, que vous auriez une entière
confiance en mes avis, que vous vous feriez
un devoir de cultiver mon amitié ? Encore
une fois, que dirait-il ? Ne suis-je pas celui qui
vous ai porté tant de fois dans mes bras,
qui vous ai vu croître avec le plus grand
plaisir, qui vous ai donné les premières ins-
tructions, et à qui, dans mille occasions, vous
avez témoigné le plus grand attachement ?

Voulez-vous que je me jette à vos genoux
pour vous engager à me rendre votre amitié ?
je m'y mettrai : rien ne coûte quand il s'agit
de rappeler un ami à son devoir. Si vous
n'aviez pas un cœur noble, un esprit péné-
trant, je désespérerais de votre changement
et de mes conseils; mais vous avez reçu une
belle ame en partage et une sagacité peu
commune. Vous imaginez-vous de bonne foi
que je me ménage le plaisir de vous gronder ?
Je n'ai point oublié que saint Jean l'évan-
géliste monta à cheval, malgré son grand
âge, pour chercher un jeune homme qu'il
avait élevé et qui le fuyait. D'ailleurs, ne me
connaissez-vous pas depuis long-temps,
comme un homme qui n'a ni morgue ni
humeur, et qui sait compatir aux faiblesses
de l'humanité? Plus vous me fuirez, plus je
vous croirai coupable..... Si mes larmes peuvent vous toucher, je vous proteste qu'elles
coulent actuellement, et qu'elles ont pour
principe ce qu'il y a de plus précieux dans
l'univers, la religion et l'amitié : venez les
essuyer. Ce sera le vrai moyen de me persuader que vous vous ressouvenez encore de

votre père, et que vous savez être sensible aux peines d'un ami ».

Lettres d'excuses.

QUAND un homme, selon Pope, *dit le lendemain qu'il s'est trompé la veille, c'est comme s'il disait : je suis plus sage aujourd'hui qu'hier.* Cette réflexion doit rendre les excuses faciles à quiconque a failli. Il faut paraître touché d'avoir pu déplaire, disposé à réparer le passé, modéré dans tout ce que l'on dit, facile dans la manière de s'exprimer, enjoué même, pourvu qu'on ne se montre ni suffisant ni railleur; sur-tout ne point laisser entrevoir de dépit, ni de contrainte : ce serait, dit le proverbe, *jeter de l'huile sur le feu.* Remarquez, en passant, qu'on ne doit pas dire : *demander excuse*, mais *faire excuse* à quelqu'un.

EXEMPLE.

Lettre de M. Caraccioli.

« JE vous boude et vous me boudez : cela s'appelle partie et revanche. Il ne s'agit plus

que de jouer le tout. Mais sommes-nous raisonnables l'un et l'autre ? je n'en crois rien.
Des amis se brouillent-ils pour des vétilles ?
je ne le présume pas.

Je connais mon cœur, je suis dans sa con-
fidence ; il ne pourrait jamais consentir à ne
plus vous aimer. Il m'a grondé comme un
nègre, parce que je balançai deux minutes
si je vous écrirais. Il m'a mis lui-même la
plume à la main, et il me dicte ce que je
vous marque ».

Lettres d'affaires.

DIRE ce qu'il faut, et ne dire que ce qu'il
faut, c'est en quoi consiste tout le mérite
d'une lettre d'affaires. On doit y expliquer
le sujet avec ordre, employer les termes
propres à la chose, et répéter plusieurs fois
le même mot, plutôt que de s'exposer à la
moindre ambiguïté. Il faut, dans ces sortes
d'écrits, beaucoup de jugement pour ne
rien oublier de ce qui est nécessaire. Ici
l'on doit entrer en matière sans préam-
bule, et passer d'un article à l'autre sans
chercher de transition. Ce serait un défaut

que de paraître s'occuper le moins du monde
de la manière dont on doit s'exprimer: la
broderie est dangereuse, lorsqu'il s'agit d'affaires. Les termes propres, les tours simples, et sur-tout la brièveté, sont là de saison.
Il ne faut pas cependant tomber dans un vice
contraire, en employant certain jargon fort
ordinaire aux négocians; par exemple: *En
réponse à la chère vôtre ... nous vous prions ...
vous mandons .... afin que vous ne fassiez
faute ... etc.* C'est sur-tout ici qu'a lieu l'avis
de Boileau:

« Que dans tous vos écrits la langue révérée,
» Dans vos plus grands excès vous soit toujours sacrée »

EXEMPLE.

Racine à Boileau.

« M.me de Maintenon m'a dit ce matin
que le roi avait réglé notre pension à 4000 l.
pour moi, et à 2000 liv. pour vous; cela s'entend sans y comprendre notre pension de
gens de lettres. Je l'ai fort remerciée pour
vous et pour moi. Je viens aussi tout-à-l'heure
de remercier le roi. Il m'a paru qu'il avait

quelque peine qu'il y eût de la diminution;
mais je lui ai dit que nous étions trop con-
tens. J'ai plus appuyé encore sur vous que
sur moi ; et j'ai dit au roi que vous prendriez
la liberté de lui écrire pour le remercier,
n'osant pas lui venir donner la peine d'élever
la voix (1) pour vous parler. J'ai dit, en propres
termes : *Sire, il a plus d'esprit que jamais, plus
de zèle pour Votre Majesté, et plus d'envie de
travailler pour votre gloire, qu'il n'en a jamais
eu.* Vous voyez, enfin, que les choses ont été
réglées comme vous l'avez souhaité vous-
même. Je ne laisse pas cependant d'avoir
une vraie peine de ce qu'il semble que
je gagne à cela plus que vous. Mais, outre
les dépenses et les fatigues des voyages, dont
je suis assez aise que vous soyez délivré, je
vous connais si noble et si plein d'amitié, que
je suis assuré que vous souhaiteriez de bon
cœur que je fusse encore mieux traité: je
serai très-content si vous l'êtes en effet...; je
vous conseille d'écrire quatre lignes au roi,
et autant à Mme de Maintenon, qui assu-

---

(1) Boileau commençait à devenir un peu sourd.

rément s'intéresse toujours avec beaucoup
d'amitié à tout ce qui vous touche. Je suis
entièrement à vous ».

Lettres de recommandation.

RECOMMANDER quelqu'un, c'est intéresser
en sa faveur la protection dont un homme
en place nous honore, ou la tendresse qu'un
ami nous a vouée. On mêle dans ces lettres
l'éloge de la personne pour qui l'on s'intéresse : c'est justifier ses sentimens pour elle,
afin de lui concilier ceux de la personne à qui
l'on écrit. Ces lettres reviennent, à peu de
chose près, aux lettres de demande dont
nous avons parlé.

EXEMPLE.

Lettre de Voiture à M. de Chavigny.

« MONSIEUR, voyez jusqu'où va le bruit
de ma faveur et du crédit que j'ai auprès de
vous : M. Esprit, qui a une affaire à la Cour,
a cru avoir besoin que je vous le recomman-
dasse ; et moi, qui suis vain, j'ai mieux aimé
lui accorder ce qu'il me demandait, que de
lui dire que je n'osais le faire. C'est, en vérité,

Monsieur, un des plus aimables hommes du monde, qui a l'ame et l'esprit faits comme vous les aimez; fort bon, fort sage, fort savant. Il n'est pourtant pas de ceux qui méprisent les richesses; et comme il est assuré qu'il en fera bon usage, il ne sera pas fâché d'obtenir une abbaye. Mme d'Aiguillon écrit pour cela à M. le cardinal. Cette grâce dépendra de Son Eminence; mais il dépendra de vous de lui faire un bon accueil, et c'est tout ce qu'il désire.

Après vous avoir parlé de ses intérêts, je crois que les règles de l'amitié ne me défendent pas de songer aux miens. Je vous supplie donc de me faire l'honneur de m'aimer toujours, et de croire que je suis, etc. »

Lettres de nouvelles.

CES sortes de lettres demandent un ton enjoué et un style badin. Les réflexions n'y sont pas déplacées, pourvu qu'elles naissent du fond du sujet. Toutes les nouvelles ne doivent pas être écrites; par exemple, celles qui intéressent l'honneur et la réputation de

nos semblables, ou qui ne sont pas assez inté-
ressantes poux ceux auxquels on les envoie.
N'écrivez que des nouvelles bien sûres : il en
coûte à l'amour propre de se rétracter, et c'est
cependant un devoir. S'agit-il de quelque nouvelle triste et désagréable, choisissez le moment favorable pour la dire, et témoignez
combien est grand l'intérêt que vous y prenez.
Dans les récits, il faut de la chaleur et de la
rapidité : la première satisfait l'esprit et l'imagination, qu'il ne faut jamais laisser désœu-
vrés; la seconde enchaîne la curiosité.

Exemple.

Madame de Sévigné au comte de Bussi.

« Que prétendez-vous de moi aujourd'hui,
mon cher cousin ? Vous n'aurez que des morts.
J'en ai l'imagination si remplie, que je ne
saurais parler d'autre chose. Je vous dirai
donc la mort du maréchal de Créqui en quatre jours; combien il a trouvé sa destinée
courte, et combien il était en colère contre
cette mort barbare, qui, sans considérer ses
projets et ses affaires, venait ainsi déranger

ses escabelles. On ne l'a jamais reçue avec tant de chagrin que lui ; cependant il a fallu se soumettre à ses lois : il a reçu ses sacremens. Neuf jours après, son frère aîné le duc de Créqui l'a suivi : ce fut hier matin, après une longue maladie. Voilà cette maison de Créqui bien abattue, et de grandes dignités sorties en peu de jours de cette famille. Le duc d'Estrées est mort à Rome ; et le jour qu'on en reçut la nouvelle à Paris, sa belle-mère mourut aussi du reste de son apoplexie. Vous voyez bien que rien n'est si triste que cette lettre. Si j'en écrivais souvent de pareilles, votre belle et bonne humeur, et cette gaîté si salutaire et si nécessaire, n'y pourraient pas résister ».

Lettres de bonne année.

Comme ces lettres, dont l'usage s'affaiblit, ne sont plus guères dictées que par les égards, elles sont assez difficiles à faire. Sans avoir recours à des préambules fades et ennuyeux, le mieux est de souhaiter tout simplement une heureuse année, de demander aux personnes qu'on cultive, la continuation de leurs bontés, en les assurant d'une gratitude éternelle. Ces sortes de lettres, pour plaire, doivent être courtes. Un des beaux souhaits qui ont été faits dans ce genre, c'est celui d'Ovide à Germanicus :

« Di tibi dent annos, à te nam cætera sumes ».

Si on les adresse à des personnes avec qui l'on soit sur le ton de la familiarité, de la liberté, du *tout dire*, il est permis d'y mêler des réflexions morales, et même des idées rebattues sur la rapide succession des années.

EXEMPLE I.er

Le chevalier de Saint-Véran à un ministre d'État.

« MONSEIGNEUR, aussitôt que l'année recommence, chacun a grand soin de recommencer ses vœux. Vous comprenez bien que je ne me suis pas oublié. J'ai prié le ciel de me continuer toujours l'honneur de votre protection : je ne vois rien au-dessus de cela. Vous serez surpris, Monseigneur, que je paraisse penser si peu à vous, tandis que je pense si fort à moi. Mais quels vœux ferais-je pour vous, quand je le voudrais ? La gloire file tous vos momens, et le ciel vous doit des années pour l'intérêt et pour le bonheur de la France ».

Exemple II.

Lettre de M. Caraccioli.

« Voici une lettre qui sera de deux années ; car minuit, qui fait la division de l'une et de l'autre, va bientôt sonner.

Que de complimens et de souhaits n'aurais-je point à entasser, si je voulais vous payer avec la monnaie du jour, et selon que vous le méritez ! Mais je n'ai rien à vous souhaiter, parce que vous avez tout ; et je n'ai point de complimens à vous adresser, parce que vous êtes au-dessus des éloges. Je me borne donc à vous dire que le temps, qui s'use lui-même en usant tout, n'usera jamais mon amitié.

Je ne fais plus de visites du nouvel an. C'est bien la peine, pour quelques misérables jours qui restent à vivre, de s'assujettir à des routines et à des devoirs qui ne signifient rien, et qui ne servent qu'à gêner. Il y aura toujours assez de gens oisifs qui maintien-

dront l'usage d'écrire à toute la terre, et de
la visiter. Les années, qui coulent avec tant
de rapidité, sont une bonne leçon pour nous
apprendre à mettre les jours à profit. Il vaut
bien mieux méditer sur cet objet, que courir
çà et là, distraire les autres, et se distraire
soi-même par des visites que tout le monde
regarde comme un joug ».

INSTRUCTIONS SUR LES RÉPONSES.

Il n'y a qu'une chose à dire sur les réponses, c'est qu'elles doivent prendre le ton de la
lettre qui les occasionne. L'annonce de la
réception de cette lettre en fait communément
le début; et l'on continue à la suivre article
par article, autant que le sujet le demande.
On ne doit pas débuter par *j'ai reçu la
vôtre*, mais dites plus exactement, *j'ai reçu
votre lettre*.

Le proverbe dit que *toute lettre mérite une
réponse* : ce serait une impolitesse grossière
que d'y manquer; car c'en serait une que de
ne rien dire à celui qui vous adresserait la parole dans un entretien familier : on ne saurait
trop se rappeler qu'un commerce de lettres

n'est qu'une véritable conversation. Il y a de l'impolitesse encore à ne pas répondre aussitôt qu'on le peut. Lorsqu'on a été quelque temps sans répondre, on doit justifier ce délai, ou s'excuser : c'est même par là qu'il faut commencer.

Répondre, par exemple, à une lettre de demande, c'est accorder ou refuser ce qui fait le sujet de la lettre. Quand on peut accorder ce qu'on demande, il faut le faire promptement : c'est donner deux fois, que de donner promptement : *Bis dat qui citò dat.* Si l'on se trouve dans la nécessité de refuser, alors c'est à la politesse d'adoucir le refus. On laisse entrevoir qu'il en coûte beaucoup de ne pouvoir pas obliger une personne pour laquelle on s'intéresse d'ailleurs; on rejette sur les circonstances la nécessité où l'on est de refuser; on assure qu'on souhaite et qu'on se flatte d'être plus heureux dans quelqu'autre occasion, etc. Louis XIV dit à M.me de Maintenon, en lui donnant une pension qu'on avait long-temps sollicitée pour elle : *Madame, je vous ai fait attendre long-temps; mais vous avez tant d'amis, que j'ai voulu avoir seul ce mérite auprès de vous.*

EXEMPLE de réponse à une lettre de demande.

Lettre du comte de … au chevalier de …

« Vous partagez mes larmes, mon cher ami;
vous partagerez mes biens. L'amitié nous a
rendus frères, l'amitié nous rendra héritiers
du père que nous pleurons. La fortune est
aveugle; mais je vois clair : je vois que mes
richesses n'auront de prix qu'autant qu'elles
vous seront utiles. Acceptez sans peine l'offre
que je vous en fais, et ne me regardez que
comme un fermier qui vous paie une rente
avec exactitude. Sur-tout point de remercîment : je suis payé par le seul plaisir de vous
en faire. Vous jouissez donc à présent de
15,000 liv. de rente, qui seraient toutes à vous,
si vous étiez moins généreux; mais je vous
connais : vous en consacrerez plus de la moitié pour obliger les autres; et c'est par cette
raison que vous avez mérité vous-même qu'on
vous obligeât. Adieu : félicitez-moi seulement d'avoir une ame; car, dans tout ceci, je
ne remplis que les devoirs d'homme ».

TRAITÉ

TRAITÉ

DE

PONCTUATION,

EXTRAIT DE BEAUZÉE.

~~~~~~~~~~~~~~~~

La *Ponctuation* est l'art d'indiquer dans l'écriture, par les signes reçus, la proportion des pauses que l'on doit faire en parlant.

Les signes reçus pour ponctuer sont la Virgule (,) qui marque la moindre de toutes les pauses, une pause presque insensible; un Point et une Virgule (;) par où l'on désigne une pause un peu plus grande; les deux Points (:) qui annoncent un repos encore un peu plus considérable; le Point soit absolu (.), soit interrogatif (?), soit exclamatif (!), qui caractérise une pause plus complète, et l'Alinéa qui fait recommencer le discours au commencement d'une autre ligne, afin d'indiquer la plus grande de toutes les pauses. On peut

H

ajouter à ces signes les points suspensifs (...) qui désignent une interruption et par conséquent une distinction considérable; et les Guillemets (»») qui se mettent au-devant de toutes les lignes d'un discours cité, afin de le distinguer du principal.

Le choix des ponctuations dépend de la proportion qu'il convient d'établir dans les pauses, et cette proportion dépend de la combinaison de trois principes fondamentaux: 1.° le besoin de respirer; 2.° la distinction des sens partiels qui constituent un discours; 3.° la différence des degrés de subordination qui conviennent à chacun de ces sens partiels dans l'ensemble du discours.

Il est d'une nécessité évidente de distinguer les sens partiels, de faire attention aux différens degrés de subordination qui doivent les réunir, de combiner ces deux points de vue vraiment analytiques avec les besoins naturels de la respiration, et de tenir compte du tout dans la ponctuation par une gradation proportionnée dans le choix des signes. En général, on ne doit rompre l'unité du discours que le moins qu'il est possible, et qu'autant qu'il est exigé par l'un des trois principes précédens : il faut n'accorder à la faiblesse de l'organe ou de l'intelligence que ce qui est indispensablement nécessaire, et conserver le plus scrupuleusement qu'on le peut la vérité et l'unité de la pensée dont la parole doit présenter l'image fidèle.

Ainsi la ponctuation la plus faible (la virgule) doit être employée seule par-tout où l'on ne fait qu'une division des sens partiels, sans aucune sous-division subalterne : s'il y a dans un sens total deux divisions subordonnées, il faut employer les deux ponctuations les plus faibles, la virgule et le point avec une virgule : il faut ajouter les deux points, s'il y a trois divisions subordonnées, et ainsi de suite. Dans tous ces cas, la ponctuation la plus forte doit distinguer entr'elles les parties principales ou celles de la première division, et la ponctuation la moins forte doit distinguer les parties subalternes de la première sous-division, parce que les parties subalternes doivent d'abord être réunies, avant de constituer des *tous* qui deviennent parties d'un ordre supérieur, et par conséquent elles

H 2

ont entr'elles plus d'affinité par les parties principales, et doivent être moins désunies.

ARTICLE PREMIER.

Usage de la Virgule.

On réduit ici à sept règles les principaux usages de la virgule. Il serait certainement très-facile d'en accumuler un plus grand nombre; mais il pourra suffire d'exposer les règles les plus générales et d'une nécessité plus commune, parce que quand on en aura compris le sens, la raison et le fondement, on n'aura plus aucune peine pour appliquer le principe aux cas particuliers qui ne sont point ici.

I.re RÈGLE.

Les parties similaires d'une même proposition composée doivent être séparées par des virgules, pourvu qu'il y en ait plus de deux, et qu'aucune de ces parties ne soit sous-divisée en d'autres parties subalternes.

EXEMPLE pour plusieurs sujets.

La richesse, le plaisir, la santé, deviennent des maux pour qui ne sait pas en user.

Le regret du passé, le chagrin du présent,
l'inquiétude sur l'avenir, sont les fléaux qui
affligent le plus le genre humain.

Les sujets partiels sont distingués les uns
des autres par la virgule, et le dernier est
séparé de même de l'attribut, parce que l'attribut ne tombe pas plus sur le dernier que
sur les autres, et ne doit pas avoir avec lui
une liaison plus forte.

EXEMPLE de plusieurs attributs réunis sur un
même sujet.

Il alla dans cette caverne, trouva les ins-
trumens, abattit les peupliers, et mit en un seul
jour les vaisseaux en état de voguer.

EXEMPLE de plusieurs complémens du même
verbe.

Il a existé des hommes plus anciens, qui
enseignèrent à se nourrir de blé, à se vêtir, à
se faire des habitations, à se procurer les be-
soins de la vie, à se précautionner contre les
bêtes féroces.

AUTRE EXEMPLE.

Je connais quelqu'un qui loue sans estimer.

H 3

174

qui décide sans connaître, qui contredit sans avoir d'opinion, qui parle sans penser, et qui s'occupe sans rien faire.

11.ᵉ Règle.

Lorsqu'il n'y a que deux parties similaires pour constituer un tout, il peut arriver deux cas qui font décider différemment la ponctuation.

1.º Si les deux parties similaires ne sont que rapprochées sans conjonction, le besoin d'indiquer la diversité de ces parties exige entre deux une virgule dans l'orthographe et une pause dans la ponctuation.

Exemple.

D'anciennes mœurs, un certain usage de la pauvreté, rendaient à Rome les fortunes à peu près égales.

2.º Si les deux parties similaires sont liées par une conjonction, et que les deux ensemble n'excèdent pas la portée commune de la respiration, la conjonction suffit pour marquer la diversité des parties, et la virgule romprait mal à propos l'unité du tout qu'elles constituent, puisque l'organe n'exige point de repos.

EXEMPLES.

L'imagination et le jugement ne sont pas toujours d'accord.

Il parle de ce qu'il ne sait point ou de ce qu'il sait mal.

3.º Mais si les deux parties similaires réunies par la conjonction ont une certaine étendue qui empêche qu'on ne puisse aisément les prononcer de suite sans respirer, alors, nonobstant la conjonction qui marque la diversité, il faut faire usage de la virgule pour indiquer la pause: c'est le besoin seul de l'organe qui fait la loi.

EXEMPLES.

On a toujours reconnu le même Dieu comme auteur, et le même Christ comme sauveur du genre humain.

Les Macédoniens n'étaient pas en moindre souci, et passèrent la nuit comme s'il eût fallu combattre.

H 4

III.ᵉ Règle.

Ce qui vient d'être dit de deux parties similaires d'une proposition composée doit
encore se dire des membres d'une période qui
n'en a que deux, lorsque ni l'un ni l'autre
n'est subdivisé en parties subalternes dont la
distinction exige la virgule.

Exemples.

*La certitude de nos connaissances ne suffit
pas pour les rendre précieuses, c'est leur importance qui en fait le prix.*

*On croit quelquefois haïr la flatterie, mais
on ne hait que la manière de flatter.*

*Si nous n'avions point de défauts, nous ne
prendrions pas tant de plaisir à en remarquer
dans les autres.*

IV.ᵉ Règle.

Dans le style coupé, où un sens total est
énoncé par plusieurs propositions qui se suc-
cèdent rapidement, et dont chacune a un sens
complet, la simple virgule suffit pour séparer
ces deux propositions, si aucune d'elles n'est
divisée en parties subalternes qui exigent la
virgule.

EXEMPLE.

Les voilà comme deux bêtes cruelles qui
cherchent à se déchirer; le feu brille dans
leurs yeux, ils se raccourcissent, ils s'alon-
gent, ils se baissent, ils se relèvent, ils s'élan-
cent, ils sont altérés de sang.

AUTRE EXEMPLE.

Il vient une nouvelle, on en rapporte les cir-
constances les plus marquées; elle passe dans
la bouche de tout le monde, ceux qui doivent
en être les mieux instruits la croient et la
répandent, j'agis sur cela; je ne crois pas
être blâmable.

Toutes les parties de cette période ne sont
que des circonstances ou des jours particuliers de cette proposition principale, *je ne*
crois pas être blâmable: c'est pour cela qu'elle
est séparée du reste par une ponctuation plus
forte.

VIe. RÈGLE.

Si une proposition est simple et sans
hyperbate, et que son étendue n'excède pas
la portée commune de la respiration, elle

H 5

doit s'écrire de suite sans aucune ponctuation.

Exemples.

L'homme injuste ne voit la mort que comme un fantôme affreux.

Il est plus honteux de se défier de ses amis que d'en être trompé.

Mais si l'étendue d'une proposition excède la portée ordinaire de la respiration, il faut y placer des repos par des virgules placées de manière qu'elles servent à y distinguer quelques-unes des parties constitutives; comme le sujet logique, la totalité d'un complément.

Exemple où la virgule distingue le sujet logique.

La venue des faux Christs et des faux prophètes, semblait être un plus prochain acheminement à la dernière ruine.

Exemple où la virgule sépare un complément circonstanciel.

Chaque connaissance ne se développe, qu'après qu'un certain nombre de connaissances précédentes se sont développées.

Exemple où la virgule sépare l'un de l'autre
deux différens complémens.

*L'homme impatient est entraîné, par ses
désirs indomptés et farouches, dans un abîme
de malheurs.*

Lorsque l'ordre naturel d'une proposition
simple est troublé par quelque hyperbate, la
partie transportée doit être terminée par une
virgule, si elle commence la proposition ; elle
doit être entre deux virgules, si elle est enclavée dans d'autres parties de la proposition.

Exemple de la première espèce.

*Toutes les vérités produites seulement par
le calcul, on pourrait les traiter de vérités
d'expérience.* C'est le complément objectif
qui se trouve ici à la tête de la proposition.

Exemple de la seconde espèce.

*La versification des Grecs et des Latins,
par un ordre réglé de syllabes brèves et longues, donnait à la mémoire une prise suffisante.*
Ici c'est un complément auxiliaire qui se
trouve jeté entre le sujet logique et le verbe.

H 6

Il n'en est pas de même du complément déterminatif d'un nom appellatif : quoique l'hyperbate en dispose, comme il arrive fréquemment dans la poésie, on n'y emploie pas la virgule, à moins que le trop d'étendue de la phrase ne l'exige pour le soulagement de la poitrine.

> Celui qui met un frein à la fureur des flots
> Sait aussi *des méchans arrêter* les complots.
> Le juste est invulnérable ;
> *De son bonheur immuable*
> Les anges sont *les garans.*

Il en est de même de tout complément déplacé par l'hyperbate, s'il est d'une petite étendue.

> Cependant je rends grâce au zèle officieux
> Qui *sur tous mes périls* vous fait ouvrir les yeux.

Remarquez encore qu'on n'indique l'usage de la virgule que pour le cas où l'ordre naturel de la phrase est troublé par l'hyperbate : car s'il n'y avait qu'inversion, la virgule n'y serait nécessaire qu'autant qu'elle pourrait l'être dans le cas même où la construction serait directe.

EXEMPLES.

De tant d'objets divers le bizarre assemblage.

Je ne sentis point devant lui le désordre où nous jette ordinairement la présence des grands hommes.

Les mots *de tant d'objets divers* touchent à-ceux-ci *le bizarre assemblage*, dont ils dépendent; et *jette ordinairement* n'est point séparé de *la présence des grands hommes*, qui en est le sujet. On comprend par ceci que l'inversion n'est autre chose que le déplacement de quelques mots qu'on met après ceux qui en dépendent, sans en jeter d'autres entr'eux.

VIe RÈGLE.

Il faut mettre entre deux virgules toute proposition incidente purement explicative, et écrire de suite, sans virgule, toute proposition incidente déterminative.

Il faut donc écrire avec la virgule: *Les passions, qui sont les maladies de l'ame, ne viennent que de notre révolte contre la raison.* Il faut écrire sans virgule: *La gloire des grands hommes se doit toujours mesurer aux moyens dont ils se sont servis pour l'acquérir.*

Au reste, ce que l'on dit ici des propositions incidentes, amenées par des mots con-
jonctifs, doit s'entendre aussi de toute autre
addition : c'est quelquefois un simple adjectif, ou un participe suivi de quelque complément, etc.

Ces additions sont explicatives et demandent la virgule, quand elles précèdent l'antécédent.

EXEMPLES.

*Avides de plaisir, nous nous flattons d'en
recevoir de tous les objets inconnus qui semblent nous en promettre.*

*Soumis avec respect à sa volonté sainte,
Je crains Dieu, cher Abner, et n'ai point d'autre crainte.*

Elles sont encore explicatives et demandent
la virgule, quoique l'antécédent précède, s'il
se trouve quelque chose entre l'antécédent
et l'addition.

Le fruit meurt en naissant, *dans son germe infecté.*

Si ces additions suivent immédiatement
l'antécédent, on peut encore conclure qu'elles
sont explicatives et qu'elles doivent être dis-

tinguées par la virgule, si on peut les retrancher sans altérer le sens de la proposition.

Daigne, daigne, mon Dieu, sur Mathan et sur elle,
Répandre cet esprit d'imprudence et d'erreur,
De la chute des rois funeste avant-coureur.

VII.e Règle.

Toute addition mise à la tête ou dans le
corps d'une phrase, et qui ne peut être regar-
dée comme faisant partie de sa constitution
grammaticale, doit être distinguée du reste
par une virgule mise après, si l'addition est
à la tête; et si elle est enclavée dans le corps
de la phrase, elle doit être entre deux virgules.

Exemples.

Contre une fille qui devient chaque jour plus
insolente; qui me manque, à moi; qui vous
manquera bientôt, à vous. Ces *à moi* et *à vous*
n'ont été introduits dans la phrase que par
énergie.

Non, non, bien loin d'être des demi-dieux,
ce ne sont pas même des hommes.

La victoire fut d'autant plus glorieuse pour

lui, que, de l'aveu de tous les officiers, elle fut due à la supériorité de son génie.

Je vous assure que, quoiqu'il raisonne, il n'en sait pas plus que vous et moi.

O mortels! l'espérance enivre.

Quand l'apostrophe est avant un verbe à la seconde personne, on ne doit pas l'en séparer par la virgule, parce que le sujet ne doit pas être séparé de son verbe, du moins quand les besoins de la respiration ne l'exigent pas.

Il faut donc écrire sans virgule: *Tribuns cédez aux consuls.*

Mais on doit écrire avec la virgule; *Vous avez vaincu, Plébéiens.* Le sujet étant d'abord exprimé par *vous,* lequel est à sa place naturelle, le mot *Plébéiens* n'est plus qu'un hors-d'œuvre grammatical.

Autre Exemple.

Pour Mademoiselle, elle paraît trop instruite de sa beauté. Il faut ici la virgule, parce que les mots *pour Mademoiselle* ne peuvent se lier grammaticalement à aucune partie de la proposition suivante.

Le troisième et le quatrième exemple font voir qu'un *que* qui précède un complément ou une proposition incidente qui n'en dépend pas, doit être séparé par la ponctuation : on pourrait en dire autant de *qui* dans le même cas.

Par une suite de la règle précédente, lorsqu'on insère quelque chose dans le discours entre deux parenthèses, la ponctuation qui doit suivre ce qui précède la parenthèse, doit être mise après le dernier crochet, et non avant le premier.

EXEMPLES.

L'ardente passion de Grégoire de Naziance pour la solitude (dit monsieur l'abbé Ladvocat), *le rendait d'une humeur triste, chagrine et un peu satirique.*

L'année suivante (1632), *Gustave donna la bataille de Lutzen.*

Mais la parenthèse n'amène pas la nécessité de mettre une ponctuation là où celle-ci n'est pas nécessaire.

Exemple.

Bayle lui ouvrit (dit Fontenelle) *tous les trésors de la physique expérimentale.*

La raison de cette ponctuation est que les paroles enfermées dans la parenthèse tiennent plus à ce qui la précède qu'à ce qui la suit, comme on le voit sur-tout par le second exemple : c'est donc à ce qui la précède, plutôt qu'à ce qui la suit, qu'il faut la lier. La parenthèse est toujours une addition faite à la phrase, et comme il est naturel que cette addition suive ce à quoi elle se rapporte, il s'ensuit que la parenthèse appartient à ce qui la précède, et ne doit point en être séparée par la ponctuation.

ARTICLE II.

Usage du Point avec la Virgule.

On ne doit rompre l'unité de la proposition entière que le moins qu'il est possible ; mais on doit préférer la netteté de l'énonciation orale ou écrite, à la représentation trop scrupuleuse de l'unité du sens total, laquelle, après tout, subsiste toujours tant qu'on ne la détruit pas par des repos trop considérables ou par des ponctuations trop fortes. Or la netteté de l'énonciation exige que la subordination respective des sens partiels y soit rendue sensible, ce qui ne peut se faire que par la différence marquée des repos et des caractères qui les représentent.

S'il n'y a donc dans un sens total que deux divisions subordonnées, il ne faut employer que deux sortes de ponctuations, parce qu'on ne doit pas employer plus de signes qu'il n'y a de choses à signifier : il faut employer un point avec une virgule pour distinguer les principales parties de la première division, et la simple virgule pour distinguer entr'elles les parties subalternes de la sous-divison. Ces deux ponctuations sont les plus faibles, afin de rompre le moins qu'il est possible l'unité du sens total, et la plus faible des deux sépare les parties subalternes, parce qu'elles sont plus intimement liées entr'elles que les principales. Passons aux cas particuliers.

Ire Règle.

Lorsque les parties similaires d'une proposition composée, ou les membres d'une période, ont d'autres parties subalternes distinguées par la virgule, ces parties similaires ou ces membres doivent être séparés les uns des autres par un point et une virgule.

Exemples.

Quelle pensez-vous qu'ait été sa douleur, de quitter Rome, sans l'avoir réduite en cendres; d'y laisser encore des citoyens, sans les avoir passés au fil de l'épée; de voir que nous lui avons arraché le fer d'entre les mains, avant qu'il l'ait teint de notre sang ? Les parties distinguées ici par un point et une virgule sont des complémens déterminatifs du nom *douleur.*

Qu'un vieillard joue le rôle d'un jeune homme, lorsqu'un jeune homme jouera le rôle d'un vieillard; que les décorations soient champêtres, quoique la scène soit dans un palais; que les habillemens ne répondent point à la dignité des personnages : toutes ces discor-

dances nous blesseront. C'est ici l'idée générale de *discordance* présentée sous trois
aspects différens.

*Quoique vous ayez de la naissance, que votre
mérite soit connu, et que vous ne manquiez pas
d'amis; vos projets ne réussiront pourtant pas
sans l'aide de Plutus.* C'est une période de
deux membres, dont le premier est séparé du
second par un point et une virgule, parce qu'il
est divisé en trois parties similaires subordonnées à la même conjonction *quoique*, et
séparées entr'elles par des virgules.

II.ᵉ Règle.

Lorsque plusieurs propositions incidentes
sont accumulées sur le même antécédent, et
que toutes ou quelques-unes d'entr'elles sont
sous-divisées par des virgules qui y marquent
des repos ou des distinctions, il faut les séparer
les unes des autres par un point et une virgule.
Si elles sont déterminatives, la première tien-
dra immédiatement à l'antécédent; si elles sont
explicatives, la première sera séparée de l'antécédent par une virgule.

Exemple.

Politesse noble, qui sait approuver sans fadeur, louer sans jalousie, railler sans aigreur; qui saisit les ridicules avec plus de gaîté que de malice, qui jette de l'agrément sur les choses les plus sérieuses, soit par le sel de l'ironie, soit par la finesse de l'expression; qui passe légèrement du grave à l'enjoué, sait se faire entendre en se faisant deviner, montre de l'esprit sans en chercher, et donne à des senti-mens vertueux le ton et les couleurs d'une joie douce. Ce sont ici des propositions incidentes explicatives, et c'est pour cela qu'il y a une virgule après l'antécédent *politesse noble.*

III.ᵉ Règle.

Dans le style coupé, si quelqu'une des propositions détachées qui forment le sens total, est divisée, par quelque cause que ce soit, en parties subalternes et distinguées par des virgules, il faut séparer par un point et une virgule les propositions partielles homologues du sens total, c'est-à-dire, celles qui concourent de la même manière à l'intégrité de ce sens total.

Exemple.

Cette persuasion, sans l'évidence qui l'ac-
compagne, n'aurait pas été si ferme et si du-
rable ; elle n'aurait pas acquis de nouvelles
forces en vieillissant ; elle n'aurait pu résister
au torrent des années, et passer de siècle en
siècle jusqu'à nous.

IV.ᵉ Règle.

Dans l'énumération de plusieurs choses
opposées ou seulement différentes que l'on
compare deux à deux, il faut séparer les uns
des autres, par un point et une virgule, les
membres de l'énumération qui renferment
une comparaison, et par une simple virgule
les parties subalternes de ces membres com-
paratifs.

Exemple.

Elle n'est point autre à Rome, autre à
Athènes ; autre aujourd'hui, autre demain.

ARTICLE III.

Usage des deux Points.

La même proportion qui règle l'emploi res-

pectif de la virgule, et du point avec une virgule, lorsqu'il y a division et sous-division de
sens partiels, doit encore décider de l'usage
des deux points, pour les cas où il y a trois
divisions subordonnées l'une à l'autre.

Ire RÈGLE.

Si un membre de période renferme plusieurs incises sous-divisées en parties subalternes, il faudra distinguer entr'elles, par la
virgule, ces parties subalternes, les incises par
un point et une virgule, et les membres principaux par les deux points.

EXEMPLE.

*Si vous ne trouvez aucune manière de gagner
honteuse, vous qui êtes d'un rang pour lequel
il n'y en a point d'honnête ; si tous les jours
c'est quelque fourberie nouvelle, quelque
traité frauduleux, quelque tour de fripon,
quelque vol ; si vous pillez et les alliés et le tré-
sor public ; si vous mendiez des testamens qui
vous soient favorables, ou si même vous en fa-
briquez :* premier membre avec quatre incises:
dites-moi,

dites-moi, sont-ce là des signes d'opulence ou
d'indigence? second membre.

II.ᵉ RÈGLE.

Si après une proposition qui a par elle-même
un sens complet, et dont le tour ne donne pas
lieu d'attendre autre chose, on ajoute une
autre proposition qui serve d'explication ou
d'extension à la première, il faut séparer l'une
de l'autre par une ponctuation plus forte d'un
degré que celle qui aurait distingué les parties de l'une ou de l'autre.

Si deux propositions sont simples et sans
division, une virgule est suffisante entre
deux.

EXEMPLE.

La plupart des hommes s'exposent assez
dans la guerre pour sauver leur honneur, mais
peu veulent s'exposer autant qu'il est nécessaire
pour faire réussir le dessein pour lequel ils
s'exposent.

Si l'une des deux ou si toutes deux sont
divisées par des virgules, soit pour les besoins
de l'organe, soit pour la distinction des par-

I

ties dont elles sont composées, il faut distinguer l'une de l'autre par un point et une virgule.

EXEMPLE.

*Roscius est un si excellent acteur, qu'il
paraît seul digne de monter sur le théâtre;
mais, d'un autre côté, il est si homme de bien,
qu'il paraît seul digne de n'y monter jamais.*

Si les divisions subalternes de l'une des
deux propositions liées, ou de toutes deux,
exigent un point et une virgule, il faut deux
points entre les deux.

EXEMPLE.

*L'esprit, les talens, le génie, procurent la
célébrité, c'est le premier pas vers la renommée : mais les avantages n'en sont pas aussi
réels que ceux de la réputation d'honneur.*

III.e RÈGLE.

Si une énumération est précédée d'une proposition détachée qui l'annonce, ou qui montre l'objet sous un aspect général, cette proposition doit être distinguée du détail par les

deux points, et le détail doit être ponctué comme il a été dit ci-devant, art. II, règle 4.

Exemple.

Il y a dans la nature de l'homme deux principes opposés : l'amour propre, qui nous rappelle à nous ; et la bienveillance qui nous répand.

IV.ᵉ Règle.

Il me semble qu'un détail de maximes relatives à un point capital, de sentences adaptées à une fin ; si elles sont toutes construites à peu près de la même manière, peuvent et doivent être distinguées par les deux points. Chacune étant une proposition complète grammaticalement, et même indépendante des autres, jusqu'à certain point en ce qui concerne le sens, elles doivent être séparées autant qu'il est possible ; mais comme elles sont pourtant relatives à une même fin, à un même point capital, il faut les rapprocher en ne les distinguant pas par la plus forte des ponctuations, et en employant les deux points.

I 2

EXEMPLE.

L'heureuse conformation des organes s'an-
nonce par un air de force : celle des fluides
par un air de vivacité : un air fin est comme
l'étincelle de l'esprit : un air doux promet des
égards flatteurs : un air noble marque l'éléva-
tion des sentimens : un air tendre semble être
le garant d'un retour d'amitié.

V.ᵉ RÈGLE.

C'est un usage universel et fondé en raison,
de mettre les deux points après qu'on a annoncé un discours direct que l'on va rapporter, soit qu'on le cite comme ayant été dit
ou écrit, soit qu'on le propose comme pouvant
être dit ou par un autre, ou par soi-même.
Ce discours tient, comme complément, à la
proposition qui l'a annoncé; et il y aurait une
sorte d'inconséquence à l'en séparer par un
point simple, qui marquerait une indépen-
dance entière : mais il en est pourtant très-dis-
tingué, puisqu'il n'appartient pas à celui qui
le rapporte, ou qu'il ne lui appartient qu'his-
toriquement; et en effet, il commence par une

lettre capitale. Il est donc raisonnable de séparer le discours direct, de l'annoncer par la
ponctuation la plus forte au-dessous du point,
c'est-à-dire, par les deux points : pour une
distinction plus marquée, on place encore des
guillemets (»») au commencement de toutes
les lignes de ce discours direct, ou bien on y
emploie un caractère différent.

Exemple.

*Lorsque j'entendis les scènes du paysan
dans le faux Généreux, je dis :* Voilà qui
plaira à toute la terre et dans tous les temps,
voilà qui fera fondre en larmes.

ARTICLE IV.

Du Point et de l'Alinéa.

Il y a trois sortes de points : le Point simple, le Point interrogatif, et le Point exclamatif.

I. Le point simple est sujet à l'influence de
la proportion qui jusqu'ici a réglé les autres
signes de ponctuation; ainsi il doit être mis
après une période ou une proposition com-

posée, dans laquelle on fait usage des deux
points en vertu de quelques-unes des règles
précédentes : mais on l'emploie encore après
toutes les propositions qui ont un sens absolument terminé; telle est, par exemple, la
conclusion d'un raisonnement, quand elle est
précédée des prémisses qui en constituent la
preuve. En un mot, on le met à la fin de toutes les phrases indépendantes entièrement de
ce qui suit, ou du moins qui n'ont de liaison
avec la suite que par la convenance de la
matière et l'analogie générale des pensées di-
rigées vers une même fin.

Je me dispenserai de rapporter ici des
exemples exprès pour le point : on ne peut
rien lire sans en rencontrer; et les principes
de proportion que l'on a appliqués ci-devant
aux autres ponctuations, peuvent aisément
s'appliquer à celle-ci, soit qu'on veuille juger
si elle est employée avec intelligence dans les
écrits qu'on a sous les yeux, soit qu'il s'agisse
d'en faire usage et de l'employer à propos.
Je me bornerai donc à dire qu'il me semble
qu'on en multiplie trop l'usage.

II. Le point interrogatif se met à la fin de

toute proposition qui interroge, soit qu'elle soit pleine ou elliptique, soit qu'elle fasse partie du discours où elle se trouve, ou qu'elle y soit seulement rapportée comme prononcée directement par un autre.

E X E M P L E.

En effet, s'ils sont injustes et ambitieux (les voisins d'un roi juste), que ne doivent-ils pas craindre de cette réputation universelle de probité qui lui attire l'admiration de toute la terre, la confiance de ses alliés, l'amour de ses peuples, l'estime et l'affection de ses troupes? de quoi n'est pas capable une armée prévenue de cette opinion, et disciplinée sous les ordres d'un tel prince? Après le premier point interrogatif il y a un petit *d*, parce que c'est seulement la seconde partie du second membre de la période, dont le premier mot est hypothétique : *En effet, s'ils sont injustes et ambitieux.*

Si la phrase interrogative n'est pas directe, et que la forme en soit rendue dépendante de la construction grammaticale de la proposition expositive où elle est rapportée, on ne doit pas

I 4

mettre le point interrogatif, et la ponctuation doit se régler sur la proposition principale, dans laquelle celle-ci n'est qu'incidente.

EXEMPLE.

Mentor demanda ensuite à Idoménée, quelle était la conduite de Protésilas dans ce changement des affaires.

III. La véritable place du point exclamatif est après toutes les phrases qui expriment la surprise, la terreur, la pitié, la tendresse, ou quelqu'autre sentiment affectueux que ce puisse être.

Admiration : *Que les sages sont en petit nombre ! qu'il est rare d'en trouver !*

Pitié et horreur : *Oh ! que les rois sont à plaindre ! oh ! que ceux qui les servent sont dignes de compassion ! s'ils sont méchans, combien font-ils souffrir les hommes, et quels tourmens leur sont réservés dans le noir Ténare ! s'ils sont bons, quelles difficultés n'ont-ils pas à vaincre ! quels piéges à éviter ! que de maux à souffrir !*

IV. Écrire *alinéa* ou *à la ligne*, c'est abandonner la ligne où l'on vient de terminer une phrase, quoique cette ligne ne soit pas remplie, et recommencer la phrase qui suit au commencement de la ligne suivante, qui, pour devenir plus sensible, rentre un peu en dedans, comme on le voit au mot *Ecrire*, qui commence cette définition, et à tous les alinéa de cet ouvrage.

On doit employer ce signe de distinction pour différencier, par exemple, les diverses preuves d'une même vérité; les diverses considérations que l'on peut faire sur un même fait, sur un même projet; les différentes affaires dont on parle dans une lettre, dans un mémoire; en un mot, toutes les fois que l'on passe d'un point de vue dont l'exposition a eu une certaine étendue, à un autre point de vue qui permet de prendre entre deux un repos plus considérable que celui du point.

DE L'ORIGINE

DE LA

VERSIFICATION FRANÇAISE.

LES Bardes furent nos premiers poètes comme nos premiers théologiens ; leur occupation était de célébrer en vers les louanges des héros. A ces premiers poètes, qui se servaient du charme des vers pour inspirer l'amour des vertus, succédèrent les Druides, qui chantaient les bienfaits des Dieux qu'adoraient alors nos ancêtres, et la sagesse des lois qu'ils observaient. Nouveaux Tyrthées, ils employaient le charme de la poésie pour ranimer le courage des Gaulois ; nouveaux Orphées, leurs chants harmonieux, que secondait presque toujours le son des instrumens, arrachèrent les peuples à leur rudesse, et urbanisèrent les mœurs d'une nation qui les révérait comme ses modèles, les écoutait comme ses philosophes, les honorait comme ses prêtres : leur goût se communiquait à tous les Gaulois, qui formaient leurs enfans, encore jeunes, à l'art commun alors de faire des vers.

Les Romains, devenus les maîtres des Gaules, accoutumèrent ces nations à parler leur langue, comme à suivre leurs lois, et la poésie latine prit la place de la poésie gauloise. Bientôt la barbarie éteignit dans toute l'Europe le flambeau du génie; Charlemagne voulut le rallumer; quelques étincelles brillèrent encore, mais elles ne jetèrent qu'une lumière faible et expirante. Ce feu presque éteint ne reparut que plusieurs siècles après dans tout son éclat, et ce fut Corneille qui tira la tragédie et la comédie de leur chaos; et dès ce moment, on astreignit plus que jamais le vers aux règles que je vais développer.

De la structure des vers.

Nous avons des vers masculins et féminins; les derniers, qui ont toujours une syllabe de plus que les autres, sont terminés par un *e* muet, soit que cet *e* finisse le mot, comme dans *aime*; soit qu'il soit suivi d'un *s*, comme dans *tu aimes*; soit qu'il précède un *nt*, comme dans *ils aiment*.

I 6

On appelle vers masculins tous ceux qui ne sont pas terminés par un *e* muet.

> Les mortels sont égaux ; ce n'est pas la naissance,
> C'est la seule vertu qui fait la différence.
> Il est de ces esprits favorisés des cieux,
> Qui sont tout par eux-même, et rien par leurs aïeux.

Les deux premiers vers sont féminins, parce qu'ils sont terminés par un *e* muet ; ils ont treize pieds, parce qu'on ne prononce pas l'*e* muet, ou parce que cette prononciation est trop sourde pour être remarquée : les deux derniers sont masculins, parce qu'ils ne sont pas terminés par un *e* muet ; ils ont douze pieds.

Des différentes espèces de vers.

Nous avons cinq espèces de vers : ceux que nous venons de citer dans le chapitre précédent ont douze syllabes, et on les appelle tantôt *alexandrins*, tantôt *héroïques*, et plus souvent *grands vers*.

Les vers de dix syllabes ont au quatrième pied la césure, qui se trouve toujours au sixième pied du grand vers. On n'en met point dans les autres, qui sont de huit, de sept ou de six syllabes.

Pour les vers qui ont moins de six syllabes, on ne s'en sert que dans les chansons et dans quelques pièces libres, où les poètes n'ont d'autre règle que leur oreille, et d'autres lois que leur goût particulier.

De l'Hiatus.

Ce mot purement latin a été adopté dans notre langue sans aucun changement, pour signifier l'espèce de cacophonie qui résulte de l'ouverture continuée de la bouche, dans l'émission consécutive de plusieurs sons qui ne sont distingués l'un de l'autre par aucune articulation.

Ami et compagnon de ce héros fameux.

Dans ce vers, *Ami et* ne peuvent être prononcés sans une espèce de bâillement, et c'est ce qu'on nomme *hiatus*.

Il y a aussi hiatus dans le vers suivant :

Le *vrai honneur* n'est pas de mépriser les hommes.

Parce que l'*h* n'étant point aspiré équivaut à une voyelle ; mais lorsque l'*h* est aspiré, il n'y a point d'hiatus, parce que cette lettre tient alors lieu d'une véritable consonne.

Ainsi tous les mots qui commencent par un *h* aspiré ne forment pas hiatus.

Observez que les dérivés du nom *héros*, dont l'*h* est aspiré, ne conservent pas l'aspiration ; ainsi l'on dit l'héroïne, l'héroïsme, l'héroïque courage.

Onze, *onzième*, sont quelquefois aspirés : on dit le onze du mois, la onzième année, de onze enfans qu'ils étaient.

Quand le monosyllabe *oui* est pris pour un nom, il est aspiré : le beau oui ! le oui et le non ; dites-nous un oui ; tous vos oui ne me persuadent pas.

La conjonction *et* est dans le même cas que les voyelles, parce que le *t* ne se prononce pas.

Des Élisions.

L'élision supprime un *e* muet final, lorsqu'il est suivi d'une voyelle ou d'un *h* non aspiré.

Lorsque cet *e* muet est précédé, dans le même mot, d'une voyelle, comme dans *envie*, *joie*, *paie*, *accrue*, *hyménée*, il faut donc absolument qu'il s'élide, et que par conséquent il soit suivi d'un mot qui commence par une voyelle.

La *vie est* un tourment pour qui vit dans le crime.

Si cet *e* muet précédé d'une voyelle est suivi d'un *s* ou des lettres *nt*, on ne peut alors l'employer qu'à la fin du vers.

Arbitre souverain de nos biens, de nos vies......
Leurs jours sont en vos mains, ils vous les sacrifient.....

Des Enjambemens.

Il y a enjambement chaque fois que le sens de la phrase commencée ne finit pas dans le même vers.

On doit condamner l'enjambement toutes les fois que le commencement d'un vers est complément ou dépendance nécessaire de ce qui se trouve à la fin du vers précédent.

Je suis exactement l'ordre que me donna
Le Roi.

Le Roi a une liaison nécessaire avec la fin du vers précédent : le repos est essentiel pour faire sentir le vers, et il ne peut y avoir de repos à la fin de celui que je viens de citer. Il faut remarquer, 1.º que les interruptions et les réticences excusent quelquefois cette espèce d'enjambement, pourvu que la suspension promette quelque chose qui aurait pu finir le vers.

N'y manquez pas au moins : j'ai quatorze bouteilles
D'un vin vieux....; Boucingo n'en a pas de pareilles.

Cette expression *d'un vin* laisse quelque chose à attendre.

2.º On le pardonne aussi dans le dialogue. La tragédie et la comédie sur-tout en fournissent mille exemples.

3.º Dans le style familier, tel que celui des contes, des fables, des épîtres badines, des épigrammes, l'on n'est point choqué de ces enjambemens : la fable suivante en offre plusieurs.

Quelqu'un fit mettre au col de son chien qui mordait,
Un bâton en travers : — Lui se persuadait
Qu'on l'en estimait plus. — Quand un chien vieux et grave
Lui dit : — On mord en traître aussi souvent qu'en brave.

4.º L'enjambement, excusable dans les genres que je viens de citer, a quelquefois de la grâce dans les vers de dix syllabes. Lafontaine en fournit un grand nombre d'exemples.

> Un astrologue un jour se laissa choir
> Au fond d'un puits; on lui dit, pauvre bête,
> Tandis qu'à peine à tes pieds tu peux voir,
> Penses-tu lire au-dessus de ta tête?

5.° L'enjambement n'est point vicieux lorsque la dépendance du vers s'étend jusqu'à la fin du vers suivant.

> L'amour, essentiel à notre pénitence,
> Doit être l'heureux fruit de notre repentance.

Sur le nombre de syllabes de certains mots.

On appelle syllabe un son simple et composé, prononcé par une seule émission de voix. Lorsqu'il y a unité de prononciation, il y a unité de syllabes; mais il est des occasions où l'on doute s'il doit y avoir unité ou pluralité d'impulsions de voix, et il est essentiel, sur-tout dans les vers, d'avoir des règles fixes sur un objet aussi intéressant.

1.° *Ia* forme généralement deux syllabes, excepté dans *diable*, *fiacre*, *liard*, *familiarité*, *familiariser*.

2.° *Ie*, avec l'e ouvert ou fermé, n'est

ordinairement que d'une syllabe dans le discours familier; il n'en a qu'une dans le discours soutenu, lorsqu'il se trouve dans un
nom, excepté dans *pi-été*, *impi-été*, *inqui-et*,
inqui-étude, *hardi-esse*, *matéri-el*, *essenti-el*,
et les autres mots en *iel* qui ont plus d'une
syllabe. Il y a plusieurs syllabes dans les mots
où *ie* est précédé des liquides *l* ou *r*, comme
boucli-er, *sangli-er*, *baudri-er*, *étri-er*,
meurtri-er, *lévri-er*, *ouvri-er*, *calendri-er*.
On peut joindre à ces mots *hier*, quand il
n'est point précédé de la préposition *avant*.

Dans les verbes de la première conjugaison,
ie forme deux syllabes à l'infinitif, à la seconde
personne du pluriel du présent de l'indicatif
ou de l'impératif, et au participe passé. L'on
dit *étudi-er*, *vous étudi-ez*, *étudi-ez*, *étudi-é*.

Iai, se prononçant comme *ié*, fait aussi
deux syllabes : *J'étudi-ai*.

3.º *Io* est communément de deux syllabes;
on en excepte *fio-le* et *pio-che*.

4.º *Oe* ne fait qu'une syllabe, excepté dans
po-ésie, *po-ème*, *po-ète*.

5.º *Ue* avec l'*e* ouvert ou fermé est toujours de deux syllabes, comme dans *tu-er*,
su-er.

6.º *Ui* ne fait qu'une syllabe, excepté dans *ru-ine*, *bru-ine*.

7.º *Iai* se prononçant comme *iè* a tantôt deux syllabes, comme dans *ni-ais*, tantôt en a une, tantôt en a deux dans *biais* ou *bi-ais*, *biaiser* ou *bi-aiser*.

8.º *Iau* est toujours de deux syllabes, comme dans *mi-auler*.

9.º *Ieu* est de deux syllabes, excepté dans *cieux*, *dieu*, *lieu*, *mi-lieu*, *mieux*, *pieu*, *é-pieu*, *es-sieu*, *vieux*, *yeux*.

10.º *Oue*, avec l'*e* ouvert ou fermé, est de deux syllabes, comme dans *jou-et*, *lou-er*. Il n'en a qu'une dans *fouet* et *fouet-ter*.

11.º *Ouï*, de deux syllabes, n'en a qu'une dans *oui* affirmation.

12.º *Ian* et *Ien*, ayant le même son, forment deux syllabes, comme dans *étudi-ant*, *pati-ent*, *ri-ant*, *expéri-ence*.

13.º *Ien*, qui se prononce comme *Iin*, ne forme qu'une syllabe dans les noms, les articles possessifs, les verbes et les adverbes, comme dans *sou-tien*, *mien*, *tien*, *il vient*, *bien*. On en excepte *li-en*, parce qu'il vient de *lier*, qui est de deux syllabes.

14.º *Ien* est de deux syllabes quand il termine un adjectif qui exprime une profession, un état ou un pays, comme dans *grammairi-en*, *comédi-en*, *itali-en*, *indi-en*.

15.º *Ion* n'est que d'une syllabe dans les premières personnes du pluriel du présent antérieur de l'indicatif, du conditionnel, du présent et du présent antérieur du subjonctif, quand il ne se trouve pas, avant la terminaison de ces personnes, un *r* précédé d'une autre consonne : il est de deux syllabes dans les premières personnes du pluriel du présent de l'indicatif et de l'impératif des verbes qui ont l'infinitif en *ier*, et dans quelqu'autre mot que ce puisse être, comme dans nous *étudi-ons*, nous *confi-ons*, nous *déli-ons*, nous *ri-ons*, *religi-on*, *uni-on*, *passi-ons*, *visi-on*, etc.

16.º *Oin* n'est jamais que d'une syllabe, comme dans *coin*, *soin*, *foin*, *besoin*, *appointement*.

17.º Quand l'*e* muet est précédé d'une voyelle dans la pénultième syllabe du futur et du conditionnel, on ne le prononce point, et il a une syllabe de moins dans la lecture que dans l'écriture.

Et nous le prierons tôus de nous servir de père....
Ce jour, je l'avouerai, je me suis alarmé......
Perdez un ennemi d'autant plus dangereux,
Qu'il s'essaiera sur vous à combattre contr'eux......
Et ce sont ces plaisirs et ces pleurs que j'envie,
Que tout autre que lui me paierait de la vie.

C'est donc sur ce même principe que la prononciation de l'*e* muet se supprime dans les mots où il se trouve placé après une voyelle ou une diphthongue, comme *tue-rie*, *paie-ment*, *tournoie-ment*, etc.

Tout fuit, tout se dérobe à l'affreuse *tuerie*.

Des Licences.

Les poètes retranchent ou ajoutent souvent quelques lettres, soit pour la rime, soit pour le nombre des syllabes; ils ôtent l'*s* dans les mots suivans: je *dis*, je *frémis*, je vous *suis*, je vous *avertis*, je me *souviens*, je *tiens*, je *crois*, je *reçois*, je *vois*. Cette licence ne peut s'étendre aux secondes personnes.

On retranche souvent le *d* dans *pied* et *bled*, afin qu'ils puissent rimer avec un *e* fermé. Je ne crois point qu'on puisse retrancher le *d* dans *répond*, le *c* dans *blanc*, dans *donc*;

mais on peut ôter sans scrupule l'*e* final *d'en-core*, de *zéphire*; l's dans *guères*, *jusques*, dans les noms de ville et de personne, comme *Char-les*, *Mycènes*, *Athènes*, *Nîmes*, *Gênes*, etc.

Il y a des locutions irrégulières en prose, qui sont admises dans la poésie; ainsi l'on peut dire,

> *Est-il pas naturel de prendre sa revanche ?*.....
> *Sais-je pas que Taxile est une ame incertaine ?*.....

Au lieu de dire, *n'est-il pas*, *ne sais-je pas?*
On peut dire *devant que* pour *avant que*; *alors que* pour *lorsque*.

> Et *devant que* votre ame,
> Prévenant mon esprit, eût déclaré sa flamme.....
> C'est aux lois d'obéir, *alors qu'*elles commandent.

Cependant quelques grammairiens ont pré-tendu, peut-être avec raison, qu'il n'est pas plus permis de violer les lois du langage dans les vers, que dans la prose, et que les prétendues licences que les poètes ont prises sont de véritables fautes.

De la Césure.

> Ayez pour la cadence une oreille sévère;
> Que toujours dans vos vers le sens coupant les mots,
> Suspende l'hémistiche, en marque le repos.

La césure, qui coupe le vers en deux parties, est assujettie à des règles très-sévères,
dont nous allons donner le détail.

Ire RÈGLE.

Dans les grands vers, il faut que la césure
soit au sixième pied; dans les vers de dix
syllabes, il faut qu'elle se trouve au quatrième.

A vaincre sans péril, — on triomphe sans gloire.....
Ah ! qu'il est doux — de faire des heureux !.....

IIe RÈGLE.

La syllabe sur laquelle tombe la césure
doit terminer le mot; ainsi, dans la phrase
suivante ,

Abandonner les hu—mains à leur triste sort,

il n'y a point de césure et par conséquent
point de vers, parce que la césure suppose un
repos, et que l'oreille et l'esprit ne peuvent
ici se reposer.

IIIe RÈGLE.

La césure ne peut se trouver sur une
syllabe formée par un *e* muet, parce que l'*e*

muet fait couler la voix sans qu'elle s'arrête ,
et n'est point assez prononcé pour être bien
entendu ; ainsi ne dites pas ,

Complaisant, affable, je préviendrai vos vœux.

Mais dites ,

Affable et complaisant, je préviendrai vos vœux.

La césure doit être sur la syllabe qui précède
l'*e* muet qui doit s'élider avec une voyelle qui
commencera le second hémistiche.

C'est en vàin qu'au Parnas—se un téméraire auteur.
Rempli de grâ—ce, il paraît l'ignorer.

IV.e RÈGLE.

Il faut qu'on puisse se reposer à la césure,
sans s'écarter de la manière ordinaire de lire
et de parler ; il faut qu'elle offre un objet assez
complet pour que l'esprit puisse s'y arrêter
un instant, sans choquer la liaison grammaticale des mots. Nous citerons quelques remarques à ce sujet : 1.º un nom suivi d'un adjectif
ne peuvent se désunir pour le repos.

Ah! j'éprouve un plaisir — sensible à vous entendre.

L'on ne trouve point de césure dans ce vers,
parce

parce qu'on ne peut s'arrêter après le mot plaisir. Le vers suivant, dans lequel l'adjectif se trouve avant le nom, pêche par la même raison.

> Oui, vous êtes tendre—ami des malheureux.

Un nom suivi d'un autre nom employé comme complément ne peut admettre de césure.

> Sais-tu qu'on n'admet rien—de bon dans ce séjour.

2.º L'on peut remarquer que la césure subsiste quand plusieurs adjectifs suivent le nom.

> Ce souverain est tendre et généreux.
> Ce souverain est tendre, affable, généreux.

Quand l'adjectif ou le nom amènent après eux un complément qui les sépare.

> Utile aux malheureux, la pitié les soulage.

Quand le dernier complément d'un nom fait lui-même la moitié d'un vers.

> Ses chanoines vermeils et brillans de santé
> S'engraissaient d'une sainte et molle oisiveté.

Quand le nom régi par un autre nom forme seul, ou avec un adjectif, le second hémistiche, alors le repos est suffisant.

K

Livrez-vous aux transports—du plaisir le plus doux....
J'approuve les effets—de votre stratagême.....

Ve RÈGLE.

Un verbe ne peut être séparé de son auxiliaire par une césure, à moins qu'on ne mette
quelque mot entre deux ; ainsi l'on ne pourra
pas dire,

Enfin la gloire avait triomphé de mon cœur.

Mais l'on dira,

La gloire avait enfin triomphé de mon cœur.

VIe RÈGLE.

La césure ne doit jamais tomber entre la
préposition et le mot qui en est le complément.

Par quels charmes, *après tant* de travaux soufferts,
Peut-il vous inviter à rentrer dans ses fers ?

Il n'y a point de repos, et par conséquent
point de césure dans le premier vers.

VIIe RÈGLE.

Tous les verbes suivis d'un nom pris dans
un sens indéfini ne font avec ce nom qu'une
sorte de mot composé : *faire face, avoir honte,*

perdre patience, demander raison, avoir soin, ne peuvent se séparer, et l'on a raison de condamner ce vers de Racine :

> Je vous ai demandé raison de tant d'injures.

parce qu'il ne peut y avoir de repos entre *demander* et *raison*.

VIII.ᵉ RÈGLE.

Il n'y a point de césure entre les adverbes monosyllabes *plus*, *très*, *mal*, *mieux*, *trop*, et les adjectifs ou les adverbes auxquels ils sont joints ; d'où l'on peut conclure que c'est avec raison que l'on condamne les vers suivans :

> Je crois qu'il aimera *mieux* vous abandonner.....
> Il paraît encor *plus* aimable que savant.....
> Tâchez donc d'être *bien* d'accord avec vous-même.....

Enfin la règle générale est que l'esprit et l'oreille soient satisfaits du repos.

Il ne suffit pas qu'il y ait un repos, il faut encore éviter que le premier hémistiche ne rime avec le dernier du même vers, ou avec le premier du vers suivant.

> Cet empire o*dieux*, déshonoré cent fois
> Par la haine des *dieux* et les crimes des rois.

Comme un même mot pris dans la même signification ne fait jamais rime, loin de rendre l'hémistiche défectueux, il lui donne beaucoup de grâce.

Sans prudence un héros n'est pas long-temps héros.

La nécessité de couper le vers alexandrin en deux parties égales pourrait introduire de la monotonie; mais il est un art de cacher ce repos en l'observant.

Observez l'hémistiche et redoutez l'ennui
Qu'un repos uniforme attache auprès de lui;
Que votre phrase, heureuse et clairement rendue,
Soit tantôt terminée et tantôt suspendue:

C'est le secret de l'art.

Pour rendre cette règle plus sensible, citons quelques vers.

Vertueuse Zaïre, — avant que l'hyménée
Joigne à jamais — nos cœurs — et notre destinée,
J'ai cru - sur mes projets, - sur vous, - sur mon amour,
Devoir, — en musulman, — m'expliquer sans détour.

Si l'on s'arrête dans les endroits indiqués, l'on évitera la monotonie, et cependant on conservera au vers le charme que lui prête la césure.

Cet art de couper les vers par des incises,

et de varier les repos, sans cesser d'en admettre un au troisième pied, est absolument
nécessaire, sur-tout dans les pièces de longue
haleine, où le plaisir que peut procurer la
symétrie, ne peut dédommager de l'ennui
qui suit essentiellement l'uniformité.

De la Rime.

La rime n'est autre chose que le retour
des mêmes sons à la fin des mots. Il suit de
cette définition, que la rime est pour l'oreille,
et non pour les yeux; elle a ses inconvéniens
et ses avantages.

Des hommes distingués par leurs talens ont
prétendu que la rime fait perdre à notre versification beaucoup de variété, de facilité et
d'harmonie; qu'elle alonge et fait languir le
discours; que l'on sacrifie à la richesse des
rimes la justesse des pensées, la clarté des
termes et même le fond des sentimens, et
qu'enfin la rime, qui déplaît dans la prose, ne
saurait flatter l'oreille dans la poésie.

On leur a répondu qu'il n'était point décent
de se plaindre d'une contrainte qui n'est que
volontaire; que les Corneille, les Racine,

K 3

les Rousseau, les Boileau, se sont fait un
jeu de ce qu'ils appellent une servitude; que
la difficulté vaincue a été un mérite chez
toutes les nations; que l'arrangement des vers
grecs et latins coûtait plus à leurs auteurs,
que la rime ne coûte parmi nous à ceux qui
sont nés poètes; que dans une langue où la
clarté et l'élégance doivent marcher dans
l'ordre de nos idées, on ne distinguerait point
assez la poésie de la prose. Tout le monde,
dit M. de Voltaire, connaît ces vers:

> Où me cacher? fuyons dans la nuit infernale:
> Mais, que dis-je? mon père y tient l'urne fatale,
> Le sort, dit-on, l'a mise en ses sévères mains,
> Minos juge aux enfers tous les pâles humains.

Mettez à la place:

> Où me cacher? fuyons dans la nuit infernale:
> Mais, que dis-je? mon père y tient l'urne funeste;
> Le sort, dit-on, l'a mise en ses sévères mains.
> Minos juge aux enfers tous les pâles mortels.

Quelque poétique que soit ce morceau,
fera-t-il le même plaisir dépouillé de l'agrément de la rime?

Je sais bien que la rime ne fait ni le mérite
du poète, ni le plaisir du lecteur. Quiconque

se borne à vaincre une difficulté, pour le plaisir seul de la vaincre, est un fou; mais celui qui tire du fond de ces obstacles mêmes des beautés qui plaisent à tout le monde, est un *homme* fort sage et presque unique.

Pourquoi nous priverions-nous d'un plaisir, parce qu'il présente des difficultés? et qui pourrait nier qu'on lit avec satisfaction les vers où la rime paraît n'avoir rien coûté ? Ce plaisir est-il dans la nature? est-il de convention ? Qu'importe ? la convention une fois faite, nous avons du plaisir, et l'opinion fait aussitôt l'office de la nature.

Règles de la rime.

I.re RÈGLE.

Quand le son est le même à la fin des mots, quoique l'orthographe soit différente, la rime n'est point défectueuse; ainsi l'on fera rimer *consumé* avec *j'allumai*, *héros* avec *travaux*, *français* avec *succès*, *sang* avec *flanc*, *art* avec *hasard*, *même* avec *aime*, *lois* avec *rois*. Remarquez cependant que *sang* et *flanc* ne rimeraient pas avec *monument*, et que *grand* rimerait avec *monument*.

K 4

IIe Règle.

Un même mot forme une bonne rime quand
il a une signification différente.

> Tel que vous me voyez, Monsieur, ici présent,
> M'a d'un fort grand soufflet fait un petit présent.

Observez que je *soutiens* ne peut rimer
avec les *soutiens*.

IIIe Règle.

Le simple ne rime point avec son composé;
ainsi dans *voir* et *revoir*, *écrire* et *souscrire*,
faire et *refaire*, la rime serait vicieuse.

Remarquez cependant, 1.° que nos meilleurs
poètes font rimer *jours* avec *toujours*, *temps*
avec *printemps*, et que Voltaire a fait rimer
ami avec *ennemi*; 2.° que la rime du simple
avec le composé est reçue quand ils ont des
significations différentes, comme *lustre* avec
illustre, *traits* avec *attraits*, *voir* avec *pour-*
voir, *coup* avec *beaucoup*, *dieu* avec *adieu*,
fort avec *effort*, *courir* avec *secourir*, *donner*
avec *pardonner*, *mander* avec *commander*,
gage avec *engage*, *prendre* avec *surprendre*,

source avec *ressource*, *garde* avec *regarde*, etc.; 3.º que l'on n'est point si scrupuleux, lorsqu'il s'agit de faire rimer les différens composés d'un même verbe; la rime est alors admise, pourvu qu'elle ait des significations assez éloignées.

IV.ᵉ RÈGLE.

Dans les pièces régulières, où les vers ont la même mesure, une même rime ne peut revenir qu'après le sixième vers.

Règles pour la rime masculine.

I.ʳᵉ RÈGLE.

La rime masculine comprend généralement tous les mots qui ne sont pas terminés par un *e* muet.

Il n'est point de rime à une seule lettre; ainsi *tenter* ne rime point avec *aimer*; *parla* avec *écouta*, *ennui* avec *ami*.

II.ᵉ RÈGLE.

Toutes les diphthongues peuvent rimer en-

K 5

semble ; *nouveau* avec *rideau*, *ennui* avec
appui, etc.

III.e RÈGLE.

Les monosyllabes riment fort librement
entr'eux, ou avec des polysyllabes; ils sont
reçus, lors même qu'ils ne forment qu'une
rime à une seule lettre. On en excepte ceux
qui finissent par un *é* fermé, ou une diphthongue qui a le même son; ainsi *j'ai* ne rime
pas avec *beauté*.

IV.e RÈGLE.

Tout le monde convient que les *e* ouverts
et les *é* fermés ne riment point ensemble,
malgré ces deux vers de Racine :

Attaquons dans leurs murs ces conquérans si fiers ;
Qu'ils tremblent à leur tour dans leurs propres foyers.

On appelle ces rimes *normandes*, parce que
les peuples de cette province prononcent de
la même manière l'*é* fermé et l'*e* ouvert.

Tout ce que nous venons de dire ne regarde
que les rimes suffisantes; nous parlerons des
rimes riches dans le chapitre de l'*Harmonie*.

Règles pour la rime féminine.

Cette rime a son appui dans la pénultième syllabe des mots; c'est-à-dire que la convenance de son qui fait la rime se prend dès la pénultième voyelle ou diphthongue, et non pas dès la dernière seulement. La raison de cette différence est que la dernière syllabe des mots qui font la rime féminine, ne portant qu'un *e* muet, cet *e* y rend un son si faible, que l'oreille ne distinguerait aucun rapport sensible entre les mots qui n'auraient que cela de semblable, comme entre *noblesse* et *race*.

La dernière voyelle étant muette et comptée pour rien, celle qui se trouve la pénultième dans l'écriture, se trouve en quelque sorte la dernière dans la prononciation; ainsi il n'est pas surprenant qu'on veuille qu'elle soit la même dans les mots qui font la rime féminine, laquelle entre de cette sorte assez bien dans l'analogie de la rime masculine. On peut donc prendre pour maxime générale et fort sûre la règle qui suit.

Ire Règle.

Une rime féminine est valable quand, en
retranchant le dernier *e* muet et les consonnes
qui le suivent; ce qui reste ferait une bonne
rime masculine; ainsi *hasarde* et *regarde*
riment très-bien ensemble, parce que dans
hasard et *regard* la rime masculine est bonne;
mais *tentée* et *aimée* ne riment point, parce
qu'en retranchant l'*e* muet, ils ne rimeraient
point.

IIe Règle.

La voyelle *i* et la diphthongue *ui* peuvent
rimer ensemble, lorsqu'elles sont suivies des
mêmes consonnes.

{ service, { captive { quitte { évite
{ suisse { suive { fuite { poursuite.

La voyelle *è* on la diphthongue *ai* peuvent
rimer avec la diphthongue *iè*, se trouvant à
l'endroit de l'appui, devant les mêmes consonnes, comme,

{ Père { tendresse { cède
{ première { nièce { tiède,

IVe RÈGLE.

La pénultième qui porte une voyelle longue, ne rime pas avec celle qui porte une voyelle brève; ainsi on a tort de faire rimer, comme Boileau, *aide* avec *remède*, *préface* avec *grâce*.

Un auteur à genonx, dans une humble *préface*,
Au lecteur qu'il ennuie a beau demander *grâce*.....
Un escadron coiffé d'abord court à son *aide*;
L'un lui chauffe un bouillon, l'autre apporte un *remède*....

Comme Racine, *tache* avec *lâche*.

Son choix à votre nom n'imprime point de *tache*;
Son amitié n'est point le partage des *lâches*.

Comme Corneille, *faiblesse* avec *confesse*.

Pardonne à mon amour cette indigne *faiblesse*;
Tu voudrais fuir en vain, Cinna, je te *confesse*.

Il faut pourtant remarquer qu'il vaut mieux moins bien rimer, pour favoriser un grand sens, que de sacrifier une belle idée à la richesse de la rime.

Le grand art est de réunir ces deux espèces de beautés; mais les règles mécaniques que nous venons de donner ne suffisent pas; en les suivant, on pourrait dire d'un poète ce qu'on a dit d'un empereur romain :

Plus sine vitüs, quàm cum virtutibus.

En quoi consistent donc cette vertu, cette grâce, ces agrémens ?

C'est ce que nous examinerons avec beaucoup de détail dans le chapitre de l'*Harmonie*.

Des differentes espèces de rimes.

Les anciens poètes français se servaient de huit espèces de rimes, dont je me contenterai de donner les noms.

1.º La rime annexée ou enchaînée; 2.º la rime batelée; 3.º la kyrielle; 4.º la rime senée; 5.º la rime brisée; 6.º la rime empérière; 7.º la rime équivoque; 8.º la rime couronnée.

Nous avons renoncé aujourd'hui à toutes ces puérilités, que les Latins auraient nommées *difficiles nugæ*, et dont on ne pourrait pas dire avec Virgile :

In tenui labor, at tenuis non gloria.

Des sources de l'harmonie.

Les mots qui finissent par un *n*, comme

an, *non*, *un*, *soin*, *frein*, font un mauvais effet quand ils sont suivis d'une voyelle. Je sais que les poètes ne s'astreignent pas à cette règle; mais je sais aussi que la rencontre d'une syllabe nasale avec une voyelle a quelque chose de rude, comme on pourra le reconnaître dans ces vers de Lafontaine :

> La première fois qu'un Renard
> Aperçut le *Lion*, animal redoutable,
> Il eut une peur effroyable,
> Et s'enfuit bien lo*in à* l'écart.

Le dernier vers est très-dur à prononcer, le second est plus supportable, parce que l'hémistiche et la phrase incidente, qui est une apposition, demandent un repos. Lorsque Racine fait dire à Joad :

> Celui qui met un *frein à* la fureur des flots.

la césure qui interrompt la continuité des deux sons semble excuser le poète; peut-être même cette espèce d'hiatus fait-elle image, en mettant un frein à la rapidité de la prononciation, comme le Tout-Puissant met un frein à la rapidité des flots; mais, excepté dans le cas où la césure bien marquée exige

un repos, et dans celui où l'union de la lettre
nasale avec une voyelle formerait une image,
il faut s'interdire ces sons durs et âpres.

Une seconde consonne muette après *an*,
en, *in*, *on*, *un*, n'empêcherait point l'hiatus;
ainsi l'on doit éviter de dire :

> Dans le camp arrosé du sang des ennemis.

Et si l'on prononce sans effort ce vers de
Racine,

> Disperse tout son *camp* à l'aspect de Jéhu.

c'est qu'on peut, sans une affectation trop
sensible, se reposer un peu entre les deux
hémistiches; mais, hors ce cas, il faut
éviter le choc des syllabes dont l'hiatus ne
peut être sauvé ni par l'élision ni par l'aspiration.

Les mots suivans, *joie*, *crie*, *hyménée*,
crue, et semblables, offrent quelque chose de
dur, lorsqu'ils se trouvent dans le corps du
vers, et l'on doit se les interdire, à moins
qu'on n'ait pour objet de peindre par des sons
imitatifs, comme a fait Racine dans l'hémistiche suivant :

L'essieu crie et se rompt.....

On peut dire la même chose des mots terminés par *nt*, précédés d'un *e* muet, quand
ils sont suivis d'un mot qui commence par
une voyelle; et l'on a quelque peine à prononcer les vers suivans:

Ils apprenne*nt* à lire avant d'apprendre à vivre.....
Ils aime*nt* un héros, et méprise*nt* un sage.....

Il faut, autant qu'on le peut, se servir des
mots les plus doux et les plus sonores.

Les mots les plus doux sont ceux qui sont
composés de plus de voyelles que de consonnes,
et dont les voyelles sont *a*, *e*, *i*, comme dans
ami, *délices*, *aménité*. Quand plusieurs voyelles
se suivent, comme dans nuance, l'espèce
d'hiatus fait disparaître la douceur. *L*, *m*, *n*,
en ont beaucoup plus que les autres consonnes.

Les mots les plus sonores sont ceux qui ont
le plus d'étendue et le plus d'éclat dans la
prononciation, comme *espoir*, *victoire*, *mi-
lord*, *aurore*.

Les mots qui finissent par *o* ou par *eau*
sont extrêmement sonores: comme, *héros*,
tombeaux, *Atropos*, *écho*.

234

Un grand nombre de monosyllabes rend le vers dur ; ils ne répondent point à l'avidité de l'oreille ; et l'on a reproché à l'auteur le plus curieux de lui plaire, ce vers hérissé de mots trop courts :

Et dans ce haut éclat où tu te viens offrir.

On n'aime pas davantage les mots trop longs.

L'imagination embellit la nature.

Ce premier hémistiche rend le vers languissant, et l'oreille, qui n'est pas assez frappée par des mots très-courts, semble fatiguée par ceux qui sont très-longs.

La répétition a quelquefois des agrémens, et c'est à cette figure que les vers suivans doivent leur beauté harmonique.

C'est à lui d'enseigner
Aux maîtres de la terre
Le grand art de la guerre ;
C'est à lui d'enseigner
Le grand art de régner.

On pourrait citer plusieurs autres espèces de répétitions qui plaisent.

> L'intérêt qui règne dans son cœur,
> Va d'objet en objet, et d'erreur en erreur.....
> Un père est toujours père, et malgré son courroux,
> Quand il nous veut frapper, l'amour retient ses coups....

La conformité des sons, qui, chez les Romains, avait beaucoup de grâce, choque souvent l'oreille dans notre langue, et il faut éviter de dire :

> Je crains *de devenir* la terreur *de* mes peuples.....
> C'est *là l'amour,* il est *peint par* lui-même.....

Il faut aussi éviter l'élision suivante :

> Accordez-le à mes vœux, accordez-le à mes crimes.

Racine changea ce vers, et substitua celui-ci :

> Ne le refusez pas à mes vœux, à mes crimes.

Mais il ne suffit pas d'éviter la répétition des mêmes syllabes, il faut encore ne pas mettre souvent dans le même vers, ou dans des vers qui sont proches les uns des autres, des lettres dures et mal sonnantes ; et l'on est surpris que Gresset, dont les rimes frappent mélodieusement l'oreille, se soit permis les vers suivans :

> Toi qui, malgré la mort cruelle,
> Respire encor dans mon cœur,
> Ilustre Ariste, ombre immortelle.

Ce dernier vers peut être comparé à celui de Chapelain, où l'on trouve :

——Durs et roides rochers.

Et à celui de Dulard, qui commence ainsi :

Arbre à grisâtre écorse.

On a condamné les deux vers suivans :

Ainsi par le ciseau l'artiste commença ;
Un art guida vers l'autre, et bientôt l'on traça.

Les vers qui finissent par la troisième personne du passé défini de la première conjugaison, terminée en *a*, ont mauvaise grâce, et peuvent blesser une oreille délicate.

Nous sentons bien qu'on ne doit pas faire un crime à un auteur de quelques sons disgracieux qui lui seront échappés par inadvertance ; mais les droits que nous avons à l'indulgence doivent-ils nous engager à nous permettre des fautes qui peuvent ne pas obtenir grâce aux yeux des puristes, et diminuer auprès des autres la sensation agréable que feraient nos ouvrages ? Il faut sans doute sacrifier le plaisir de l'oreille à celui de l'esprit, préférer les choses aux mots, la beauté des idées à celle

des sons; mais, comme les sons nous ouvrent
le chemin du cœur, il est essentiel d'éviter ces
petites défectuosités qui choquent les oreilles
délicates et scrupuleuses. Sacrifier la pensée
à l'harmonie, ce serait faire de ces vers
qu'Horace appelle

> Versus inopes rerum, nugæque canoræ.

Mais sans rien diminuer de la beauté des
idées, il est possible d'éviter ces petites fautes, qui, lorsqu'elles sont multipliées, dépré-
cient le meilleur ouvrage, sur-tout dans la
poésie, dont le premier but est de plaire.

> Il est un heureux choix de mots harmonieux ;
> Fuyez des mauvais sons le concours odieux :
> Le vers le mieux rempli, la plus noble pensée,
> Ne peut plaire à l'esprit, quand l'oreille est blessée.

Rien ne contribue davantage à l'harmonie
que la coupe des périodes. Les vers les mieux
faits, mais qui tomberaient deux à deux,
produiraient une monotonie fatigante ; d'où
l'on doit conclure qu'il est essentiel de varier
la longueur de ses phrases. La poésie doit son
premier charme à la variété des périodes, tantôt
longues, tantôt courtes, coupées souvent par

des oppositions ou d'autres incises, et toujours artistement cadencées; elle est bien
éloignée de rejeter les conjonctions qui paraissent inutiles aux esprits peu instruits, et qui
contribuent beaucoup à l'élégance du discours.

On n'est pas obligé de faire des vers; mais
lorsqu'on en fait, l'on ne doit rien négliger
pour les rendre harmonieux; et il faut suivre les règles que nous venons de donner, si
l'on veut enchanter par le charme de l'harmonie.

> Savoir la marche est chose très-unie;
> Savoir le jeu est le fruit du génie.

Ce jeu consiste sur-tout dans la proportion des choses avec la manière dont elles
doivent être dites. Citons, à l'occasion de
ce principe, un exemple qui sert à le faire
mieux comprendre; il est tiré de Fontenelle,
qui dit en parlant de l'églogue:

> Souvent en s'attachant à des fantômes vains,
> Notre raison séduite, avec plaisir s'égare;
> Elle-même jouit des objets qu'elle a feints,
> Et cette illusion pour quelque temps répare
> Le défaut des vrais biens que la nature avare
> N'a pas accordés aux humains.

Il faut compter pour beaucoup le suffrage
de l'oreille ; et pour l'obtenir, on doit éviter
lés phrases trop courtesqui frustreraient, pour
ainsi dire, son avidité; et les phrases trop longues et trop surchargées d'incises, qui exi-
geraient d'elle trop de fatigue pour lui causer
du plaisir; mais sur-tout qu'on évite de renfermer ses idées dans le même espace, de
s'arrêter toujours à l'hémistiche ; et d'employer souvent les même tours.

L'ennui naquit un jour de l'uniformité.

Une autre source de l'harmonie, c'est la
richesse des rimes : lorsqu'on ne leur sacrifie
pas la beauté de la pensée, elles produisent
une sensation gracieuse qui prépare l'esprit au
plaisir. Rousseau a connu parfaitement cette
magie du vers, et quelques exemples tirés de
ce poète nous serviront à faire comprendre,
et ce qu'on entend par les richesses de la rime,
et combien cette richesse contribue à l'harmonie.

> Le volage amant de Clythie
> Ne caresse plus nos climats,
> Et bientôt des monts de Scythie,
> Le fougueux époux d'Orithie
> Va nous ramener les frimas.

Je ne prends point pour vertu
Les noirs accès de tristesse
D'un loup-garou revêtu
Des habits de la sagesse;
Plus légère que le vent,
Elle fuit d'un faux savant
La sombre mélancolie,
Et se sauve bien souvent
Dans les bras de la folie.

La rime, qui cause tant de plaisir quand elle est riche, nous fatigue lorsque les vers sont si courts, qu'ils n'ont plus de mesure sensible, comme dans ceux-ci :

Cher Hilas,
Je suis las
De l'estime
De la rime;
Tous ses traits
Sans attraits
M'évertuent,

Et me tuent;
Ses appas
Sont-ils pas
Une amorce,
Dont l'écorce
Te séduit
Jour et nuit?

Une longue pièce en vers pareils serait très-fatigante. Le retour précipité des mêmes sons produirait un tintement ennuyeux. Ne pourrait-on pas faire le même reproche aux monorimes ?

De l'harmonie

De l'harmonie imitative.

L'harmonie imitative est l'accord des sons avec la chose signifiée; elle consiste dans la convenance des mots avec les objets qu'ils expriment. *Gazouiller* est une expression imitative, parce qu'elle peint la manière dont les oiseaux roulent les sons dans leur gosier avant de les faire entendre. Si les prosateurs même sont curieux de faire de pareilles images, combien les poètes, qui sont peintres, ne doivent-ils pas rechercher ce premier agrément de leur art! Aussi les a-t-on vus, dans tous les temps et chez tous les peuples, employer les mots qui peignaient à l'oreille les choses qu'ils voulaient exprimer.

Les Latins sont remplis de ces espèces de beautés : leur langue, également féconde et docile, se prête aux moindres désirs de ceux qui l'emploient; mais quoique la nôtre soit plus ingrate, elle offre cependant plusieurs exemples de ces images.

Peut-on mieux rendre que ne le fait La-fontaine, le *ridiculus mus* d'Horace?

L

Qu'en sort-il souvent ?
Du vent.

Qui ne reconnaît point un héron dans ces vers ?

Un héron au long bec, emmanché d'un long cou,
Un jour sur ses longs pieds, allait je ne sais où.

On croit entendre une sonnette en lisant ce vers :

Il faisait sonner sa sonnette.

Quand vous lisez ce vers de Racine,

Pour qui sont ces serpens qui sifflent sur vos têtes ?

ne croyez-vous pas entendre le sifflement des serpens qui ceignent la tête des Euménides ? Ne croyez-vous pas entendre le bruit d'un char qui se brise, en lisant l'hémistiche suivant :

L'essieu crie et se rompt.

Boileau, si désireux de plaire à l'oreille, n'a pas négligé ces images de sons. Je crois voir la marche d'un bœuf, lorsqu'il dit :

Quatre bœufs attelés, d'un pas tranquille et lent,
Promenaient dans Paris le monarque indolent.....
.......La terre
N'attendait pas qu'un bœuf, pressé de l'aiguillon,
Traçât à pas tardifs un pénible sillon.

Quelle vivacité dans les vers suivans !

Le chagrin monte en croupe et galoppe avec lui.....
Le moment où je parle est déjà loin de moi.....

L'inimitable Rousseau est de tous nos poètes celui qui fournirait le plus de ces sortes d'exemples ; je me contenterai de citer un morceau tiré de la cantate de Circé.

Sa voix redoutable	La terre tremblante
Trouble les enfers ;	Frémit de terreur ;
Un bruit formidable	L'onde turbulente
Gronde dans les airs ;	Mugit de fureur ;
Un voile effroyable	La lune sanglante
Couvre l'univers ;	Recule d'horreur.

Voici encore un exemple tiré de la traduction de Pope, par M. Du Resnel :

Que le style soit doux lorsqu'un tendre zéphire
A travers les forêts s'insinue et soupire ;
Qu'il coule avec lenteur, quand de petits ruisseaux
Traînent languissamment leurs gémissantes eaux.
Mais le ciel en fureur, la mer pleine de rage,
Font-ils d'un bruit affreux retentir le rivage :
Le vers, comme un torrent, en grondant doit marcher.
Qu'Ajax soulève et lance un énorme rocher :
Le vers appesanti tombe avec cette masse.
Voyez-vous des épis effleurant la surface ;
Camille dans un champ, qui part, court et fend l'air ;
Le style suit Camille, et part comme un éclair.

Du mélange des vers.

Rien ne contribue plus à l'harmonie que la
variété des cadences et l'entrelacement des
rimes; or il est des règles que le goût ordonne
de suivre sans mélange de rimes entrelacées :
les stances sont régulières quand elles ont
quatre, six, huit, dix vers; lorsqu'elles en
ont cinq, sept, neuf, on appelle irrégulières
les stances qui en résultent : mais l'on ne
donne le nom de stances à cet assemblage de
vers, que lorsqu'il forme un sens complet.
On exige, 1.º qu'on n'emploie pas de vers de
six syllabes, sans qu'ils soient mêlés à d'autres
vers plus longs; 2.º qu'on ne place jamais
de vers de sept syllabes à la suite des vers de
huit et de six; 3.º qu'on ne mette jamais deux
vers masculins de suite, à moins qu'ils ne
riment ensemble; 4.º que la dernière pensée soit ou plus sublime, ou plus forte, ou
plus délicate, ou plus frappante.

Du Quatrain.

Dans le quatrain, les vers ont quelquefois
huit, quelquefois dix, quelquefois douze

syllabes; souvent on les termine par un vers de six syllabes : la mesure suivante a beaucoup de grâce.

> Ecoutez et tremblez, idoles de la terre,
> D'un encens usurpé Jupiter est jaloux :
> Vos flatteurs dans ses mains allument le tonnerre
> Qui s'élève sur vous.

L'on doit remarquer que l'on peut entrelacer les rimes de deux manières : 1.º on fait rimer le premier vers avec le troisième, et le second avec le quatrième; 2.º le premier avec le quatrième, et le second avec le troisième; si les rimes se suivent, la stance perd son harmonie.

Stances de cinq vers.

Elles sont susceptibles de quatre arrangemens différens : le plus harmonieux de tous est celui où l'on trouve trois rimes féminines, dont la seconde et la dernière sont suivies d'un vers masculin, comme dans celle-ci où l'on peint la puissance de Dieu.

> Quand, pour mieux braver ma vengeance,
> Tu suivrais l'aigle qui s'élance
> Jusqu'à la source des éclairs,

L 3

Le souffle seul de ma puissance
T'anéantirait dans les airs.

Sixains.

Les sixains sont composés d'un quatrain, auquel on ajoute deux vers.

Seigneur, dans ton temple adorable,
Quel mortel est digne d'entrer?
Qui pourra, grand Dieu! pénétrer
Ton sanctuaire impénétrable,
Où tes saints inclinés, d'un œil respectueux,
Contemplent de ton front l'éclat majestueux?

On peut encore les couper en deux tersets, dont le premier forme, non un sens parfait, mais un sens fini.

Dieu seul fait notre espoir;
Dieu, de qui l'immortel pouvoir
Fit sortir du néant, le ciel, la terre et l'onde,
Et qui tranquille au haut des airs,
Anima d'une voix féconde
Tous les êtres semés dans ce vaste univers.

On peut aussi, après quatre grands vers, terminer le sixain par deux vers de six pieds; ce mélange donne aux sixains une variété qui plaît beaucoup à l'oreille.

Stances de sept vers.

Ces stances commencent ou finissent par
un quatrain.

> Si la loi du Seigneur vous touche,
> Si le mensonge vous fait peur,
> Si la justice en votre cœur
> Règne aussi-bien qu'en votre bouche;
> Parlez, fils des hommes, pourquoi
> Faut-il qu'une haine farouche
> Préside aux jugemens que vous lancez sur moi?

> Tel aujourd'hui t'embrasse et soutient ta querelle,
> Dont l'esprit infidèle
> Dès demain voudra t'opprimer;
> Et tel autre aujourd'hui contre toi s'intéresse,
> Que pour toi dès demain tu verras s'animer.
> Tant pour haïr que pour aimer,
> Au moindre gré du vent tourne notre faiblesse.

Stances de huit vers.

Elles sont composées, ou de deux quatrains,
dont les vers peuvent être entremêlés indifféremment, ou de deux tersets suivis de deux
vers; et il faut, dans le premier cas, un repos
après le quatrième vers, et dans le second cas,
après le troisième.

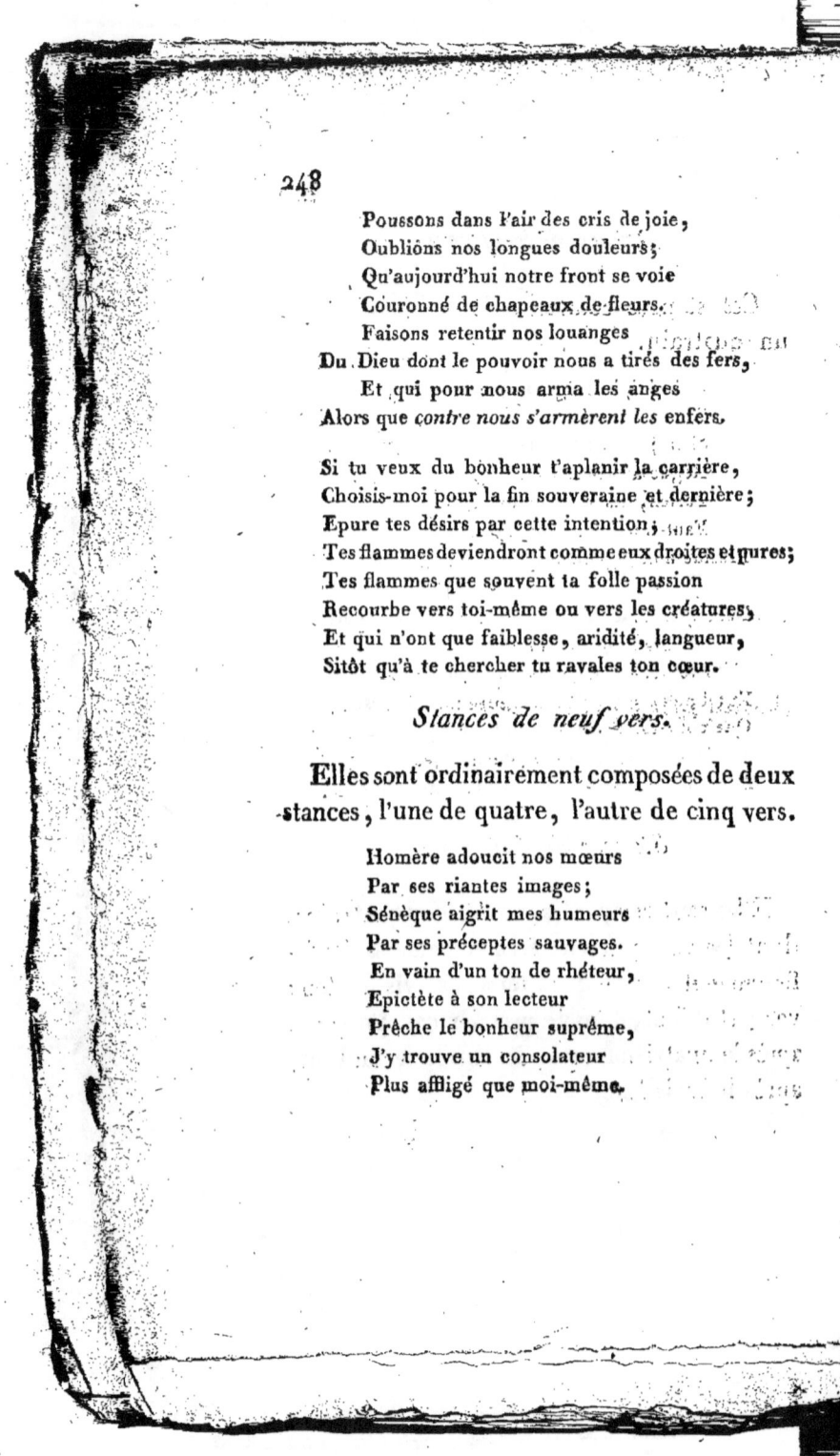

Poussons dans l'air des cris de joie,
Oublions nos longues douleurs;
Qu'aujourd'hui notre front se voie
Couronné de chapeaux de fleurs.
Faisons retentir nos louanges
Du Dieu dont le pouvoir nous a tirés des fers,
Et qui pour nous arma les anges
Alors que *contre nous s'armèrent les enfers.*

Si tu veux du bonheur t'aplanir la carrière,
Choisis-moi pour la fin souveraine et dernière;
Epure tes désirs par cette intention;
Tes flammes deviendront comme eux droites et pures;
Tes flammes que souvent ta folle passion
Recourbe vers toi-même ou vers les créatures,
Et qui n'ont que faiblesse, aridité, langueur,
Sitôt qu'à te chercher tu ravales ton cœur.

Stances de neuf vers.

Elles sont ordinairement composées de deux
stances, l'une de quatre, l'autre de cinq vers.

Homère adoucit nos mœurs
Par ses riantes images;
Sénèque aigrit mes humeurs
Par ses préceptes sauvages.
En vain d'un ton de rhéteur,
Epictète à son lecteur
Prêche le bonheur suprême,
J'y trouve un consolateur
Plus affligé que moi-même.

Dizain ou stances de dix vers.

Maynard est le premier qui ait établi pour règle de faire une pause marquée aux quatrième et septième vers dans les stances qui en ont dix. Si quelques poètes se sont écartés de cette règle, c'est toujours aux dépens du plaisir de l'oreille.

Montrez-nous, guerriers magnanimes,
Votre vertu dans tout son jour;
Voyons comment vos cœurs sublimes
Du sort soutiendront le retour.
Tant que sa faveur vous seconde,
Vous êtes les maîtres du monde,
Votre gloire nous éblouit;
Mais, au moindre revers funeste,
Le masque tombe, l'homme reste,
Et le héros s'évanouit.

Quoique toutes les règles sur la coupe des stances paraissent être un pur mécanisme, il n'est pas douteux cependant qu'elles contribuent beaucoup à l'harmonie. Ne pensons pas que le caprice ait inventé ces lois, et qu'on ne les ait imposées aux poètes que pour leur rendre le travail plus difficile : ce paradoxe, avancé par des personnes qui ne pouvaient s'y astreindre, a été confondu par la raison et par l'expérience. Qu'un homme exécute parfaitement sur un instrument quelque pièce de musique très-difficile, mais sans harmonie, nous vanterons l'habileté de la main qui exécute, mais nos oreilles n'applaudiront pas au son qui les frappera : ce n'est pas ce qui nous étonne, c'est ce qui nous affecte qui nous procure du plaisir. Or on ne peut nier qu'il n'existe dans la disposition des vers une manière de les assembler qui cause beaucoup de plaisir à l'oreille, et l'on doit conclure que dans cette espèce d'arrangement, l'on a moins consulté la difficulté qui surprend, que la beauté qui intéresse.

De la prononciation.

Règles générales.

Toutes les syllabes dans lesquelles on trouve une *s* qui s'écrit ou qui s'écrivait dans la vieille orthographe, et qui ne s'écrit plus aujourd'hui, sont longues sans exception, comme cisteaux, fête, tête, âne, flûte, apôtre, plâtre, épître.

On alonge la syllabe où se trouve une diphthongue, à moins qu'elle ne soit suivie immédiatement d'un double *t*.

Le double *b*, comme dans *abbé*; le double *c*, comme dans *accuser*; le double *d*, comme dans *addition*; la double *f*, comme dans *affiner*; le double *g*, comme dans *aggraver*; la double *l*, comme dans *allumer*; la double *m*, comme dans *commode*; la double *n*, comme dans *couronne*; le double *p*, comme dans *appas*; la double *s*, comme dans *essence*; le double *t*, comme dans *attaque*, rendent brève la syllabe qui les précède. La double *r* la rend longue.

L'*e* muet est toujours bref; mais, dans des mots où il s'en trouve plusieurs, ou dans des mots qui se suivent, la pénultième devient moins brève, et se fait plus sentir que les autres; ainsi, dans *entretenir*, *te* est plus long ou plutôt moins bref que les deux syllabes précédentes.

L'*e* ouvert suivi d'une consonne qui termine le mot, devient long, comme dans *succès*, *progrès*, *après*.

L 6

On peut conclure de tout ce que nous
avons dit, que pour faire des vers,

> Il faut encor, outre un heureux génie,
> L'oreille juste et propre à l'harmonie;
> Malheur à qui n'en est pas enchanté!
> Le vers n'est fait que pour être chanté.

Toutes les objections qu'on a faites contre
la difficulté du vers et de la rime, et sur
l'harmonie que l'un et l'autre exigent, sont
anéanties par la réponse suivante.

> Ce mécanisme appelé tyrannie,
> Plus qu'on ne pense est utile au génie;
> Cette contrainte est une invention
> Qui le conduit à sa perfection:
> L'esprit veut être un peu mis à la gêne,
> C'est l'aiguillon qui le tient en haleine,
> Qui par l'obstacle irritant son ressort,
> Occasionne un plus heureux effort,
> Et lui fait prendre un essor qui l'étonne.
> C'est par effort que le salpêtre tonne;
> S'il n'est contraint, il reste sans vigueur,
> Et ne produit qu'une vaine vapeur;
> Plus on le presse et plus on le resserre,
> Mieux on lui fait imiter le tonnerre.
> Ainsi l'esprit dans les difficultés
> Semble augmenter encor ses facultés,
> A son profit il tourne ses obstacles,
> Et la contrainte enfante des miracles.

TABLE DES MATIÉRES.

~~~~~~~~~~~

FIN.

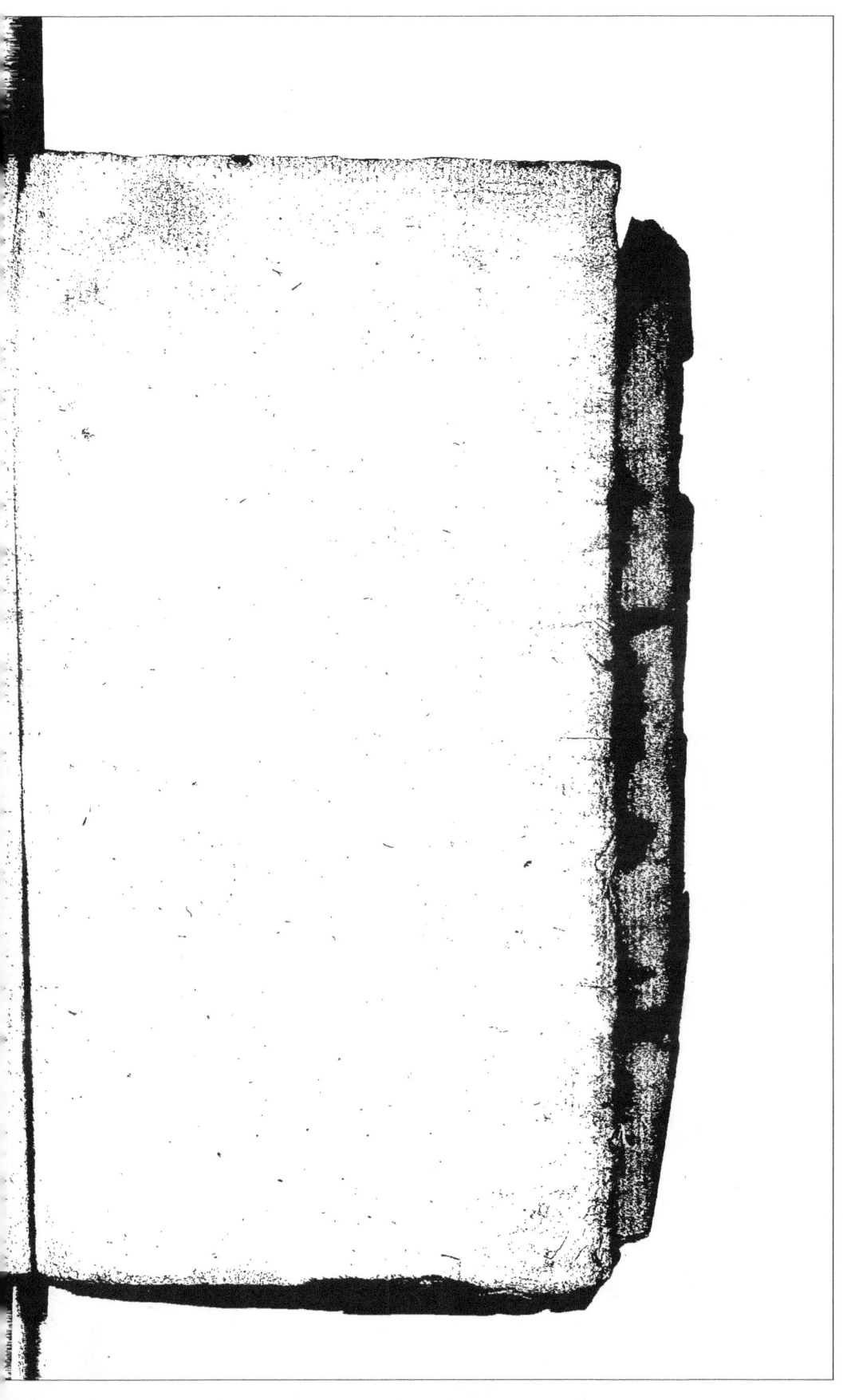

www.ingramcontent.com/pod-product-compliance
Lightning Source LLC
Chambersburg PA
CBHW070457030726
47503CB00004B/1083